聖女の妹の
尻拭いを仰せつかった
ただの侍女
でございます
~謝罪先の獣人国で
何故か冷酷黒狼陛下に
見初められました⁉~
2
櫻田りん
イラスト 氷堂れん

Contents

CHARACTERS
ドロテア・ランビリス
聖女の称号を持つ妹と比べられ、
侍女として蔑まれながら生きてきた
子爵令嬢。妹の尻拭いのため
同盟国の王であるヴィンスに
謝罪に訪れるが、美しさや
聡明さを見出され溺愛される。
ヴィンス・レザナード
獣人国レザナードに君臨する
黒狼の王。まだ若いが政治の才に
溢れ、部下や国民から尊敬され
慕われている。初めて会った時
からドロテアに惹かれ、溺愛する。

ディアナ

ヴィンスの妹でレザナードの黒狼の王女。
ドロテアを「お姉さま」と慕い、
よくお茶会で恋バナをする。
文官のラビンに想いを寄せている。

ナッツ

ドロテア専属のリスのメイド。
少しおっちょこちょいだが、
ドロテアに誠心誠意尽くす。

ラビン

ヴィンスの幼馴染であり兎の文官。
幼い頃からディアナに好意を抱いているが、
なかなか想いを伝えられずにいる。

シェリー

ドロテアの妹。美しい容姿に恵まれ、
サフィール王国で3人しかいないとされる
聖女の称号を持っていた。我儘で気が強い。

STORY

子爵家の令嬢でありながら聖女の称号を持つ美しい妹と比べられ、蔑まれながら生きてきたドロテア。同盟国の王女に無礼を働いた妹の代わりに獣人国レザナードに謝罪に訪れるが、そこで出会った「冷酷」と恐れられる黒狼の王ヴィンスに突然求婚される。

押しの強いヴィンスに戸惑いながらも、真摯な想いに少しずつ自信を取り戻していくドロテア。

幸せな日々を過ごしていたある日、母国のサフィール王国で建国祭パーティーが催される。久しぶりに妹と再会するが、相変わらずの傍若無人ぶりで今度はヴィンスに心無い言葉を浴びせる。ドロテアの叱咤により妹は心を改め、ヴィンスと王女に正式に謝罪をした。

一難去った直後、レザナードの辺境から帰還した騎士を迎えたドロテアは、騎士隊長ハリウェルに突然求婚され……？

第十七話 ✦ 白狼騎士様は猪突猛進

――ハリウェルからドロテアへの突然の告白。

その二十分ほど後だっただろうか。執務室には重たい空気が流れていた。

「何故私がここに……」

そう、ポツリと呟いたのはラビンである。

大袈裟なほどに眉尻と耳を下げ、気まずいことこの上ない状況に同席している彼は、端的に言って可哀想なのだろう。

「ああ、胃が痛い……姫様に会いたい姫様を見て癒やされたい姫様姫様……」

「ヘタレのくせに、独り言なら後にしろ」

「ヘタレは関係なくないですか……!?」

しかし、そんな独り言さえ許されないのが現実である。

ラビンは「すみません……」と呟くと、そそそと後退して壁に背をつけ、対峙している男たちに視線を移した。ああ、胃が痛い。

しかし執務室の、否、城の主であるヴィンスは、そんなこと知らんぷりである。

「……ハリウェル、一応確認するが――お前のさっきのドロテアへの求婚は、本心か」

執務室の椅子に腰掛け、問いかけるヴィンスの声は地面を這うほどに低い。

そんなヴィンスの視線の先。

ひんやりとした床に正座をしているハリウェルは、額を床に擦りつけるようにして深く頭を下げたのだった。

「……は、はい。本心、ですが……陛下、大変申し訳ありませんでした……！！！」

これ以上ないくらいに耳と尻尾を下げ、そう叫んだのは、白狼騎士ことハリウェル・ロワード。

ハリウェルの返答にヴィンスがスッと目を細めたところで、話は少し遡る。


あれは、ドロテアがハリウェルに求婚された直後のことだ。

『ずっと君に逢いたかった……!!　私の運命の人……！　結婚してください……!!』

『………。はい？』

思い切り彼女に抱き着くハリウェルに、きょとんとしているドロテア。そんな二人を見たヴィンスの内情は、そりゃあ穏やかなものではなかった。

『ハリウェル……ドロテアから離れろ!!』

それほど感情的になるタイプではないヴィンスだったが、ドロテアのことならば話は別だ。

ヴィンスはすぐさま二人に駆け寄ると、ハリウェルの肩を掴んでドロテアから引き離して、彼女を自分の腕の中へと誘《いざな》った。

上擦った声で『ヴィンス様』と呼びながらも、どこか安堵の表情を見せるドロテアに愛おしさを覚えながら、ヴィンスはハリウェルに鋭い眼光を向ける。

『ドロテアは俺の婚約者だ。だというのに……なんのつもりだ、ハリウェル』

その視線と言葉に、ハリウェル以外の騎士たちはヴィンスの怒りがどれほどのものなのかを知る。

同時に、戦地にも届いていた、王が人間の婚約者を溺愛しているという噂が真実であったことを知ったわけなのだ。

『え?　お二人が……婚約者同士……?』

『そうだ。初めにそう言っただろうが』

眉間にしわを寄せ、背筋が寒くなる程の冷たい声でそう言い放ったヴィンスに、騎士たちは不安げな顔で一斉にハリウェルを見やると。

『はいはいはーい!!　ストップストップ!!』

『『……!?』』

文官であり、ヴィンスの最側近であるラビンは諸々を察したのか、ハリウェルの口を両手で塞ぐ。

そんなラビンの姿に周りの騎士たちは大きく目を見開いた。

『ハリウェル様はさぞ任務でお疲れなんでしょうね!?　ドロテア様はここ最近レザナードに来たばかりなのですから、先日まで戦地にいらしたハリウェル様の運命の相手がドロテア様なわけないでしょう!?　勘違いですよ勘違い……!』

『うー!?　もごもごもごっ』

火事場の馬鹿力というやつだろうか。ひょろいラビンが国一番の騎士と言われるハリウェルに振り払われることなく口を塞ぎ続けている姿は滅多に見られるものではない。

そんなラビンの必死な叫びに、周りの騎士たちは驚きの直後、安堵と呆れた表情を見せると、『何だ、隊長の勘違いか』『まあ、隊長だもんな』『そうそう、うちの隊長は思ったことがすぐ口に出るのがたまにきず。間違えてることもあるもんね』と口々に言う。

その発言を耳にしたドロテアは、ハリウェルに会った記憶がないこともあってハリウェルからの突然の求婚は勘違いだと判断し、ホッと胸を撫で下ろす。

そんなドロテアの姿にラビンも若干安堵の表情を浮かべた、のだけれど。

『驚きましたが……勘違いなら仕方がありませんね……って、ヴィンス様？』

『………ああ』

ヴィンスだけは未だに射抜くような目でハリウェルを睨んでおり、彼の周りだけ空気が凍っているようだった。

しかし、ヴィンスは国王で、今この場にいる騎士たちは国のために戦地に趣き、心血を注いでくれた者ばかりだ。

自身が苛立って周りを萎縮させるのは、王として正しい判断なのかと自身に問いかけることで、落ち着きを取り戻したヴィンスは、腕を解いてドロテアを解放すると、騎士たちに向き直った。

『静まれ。お前たちの成果については既に報告を受けている。大儀であった。しばらく暇を与える故、ゆっくり体を休め、また国のため、民のためにその力を振るえ』

『『ハッ……!!』』

それからドロテアには部屋に戻るよう伝え、ヴィンスはラビンと、そしてハリウェルを呼び出す形で執務室に戻ったのだった。

――そして、話は冒頭に戻る。

「土下座はいい。とりあえず顔を上げろ」

ヴィンスの言葉に、やや垂れたハリウェルの目が一瞬見開く。そして、顔を上げようとしたところで再びゴツン！　と音を立てながら深く頭を下げた。

「顔なぞ上げられません、陛下……！　ドロテア様が陛下の婚約者だと知りながら、自分の気持ちを抑えきれず、後先考えずにあんなふうに求婚をするなどと……！　陛下に忠誠を誓った身でありながらなんてことを……！　ラビン殿が私を止めて、しかも機転を利かせてくれなければ今や城中で大事《おおごと》に……!!」

「……ハァ。いいから顔を上げて俺の質問に答えろ」

そう言われたハリウェルは、申し訳無さそうに顔を上げた。

他の騎士たちが言っていたとおり、ハリウェルは騎士としての腕前は優秀だが、頭で考えるよりも前に言葉や手が出てしまうきらいがある。

所謂《いわゆる》猪突猛進タイプである。裏表なく、情熱的だったりもするが、悪く言うと暑苦しい単細胞といったところか。

（そうだ。ハリウェルは昔からそういうやつだった）

従兄弟という間柄のせいか、ヴィンスは六つ年下のハリウェルとは幼少期に会うことが多かった。

王子の遊び相手という名目だったが、実際は年上のヴィンスがハリウェルと遊んでやっており、その頃から自分とは違って真っ直ぐで感情的なハリウェルを可愛い弟のように感じたこともあった。

（……全く）

先程までは苛立っていたヴィンスだったが、ハリウェルの謝罪の言葉と彼の性格を再確認したことで、自身の中の苛立ちを少しずつ消さなければと気持ちを落ち着かせる。ただ――。

「それで、ハリウェル。ずっと会いたかったとは――お前、ドロテアとはどういう関係なんだ。ドロテアの様子からしてお前のことを知っている素振りはなかったが」

ヴィンスが一番聞きたかったのは、このことだった。

ドロテアは聡明で美しい。だから誰かに惚れられていることにはさほど驚きはしなかったものの、二人がいつ会ったのかは、気掛かりだったから。

しかも、あの優秀なドロテアが覚えていないだなんて尚更。

「……そ、それはですね……実は――……」

それから、ハリウェルは申し訳無さそうにしながらも、ヴィンスの質問にポツポツと答えていく。

そして、ハリウェルの話が終わる頃には、ヴィンスは「なるほど」と言って、おもむろに立ち上がった。

「お前が過去にどのようにドロテアに出会っていたかは分かった。それに、先程の求婚に至る経緯も理解した」

「しかし、こんなのはただの言い訳です……！　陛下とドロテア様に不快な思いをさせてしまったこと、大変申し訳ありません……！　専属騎士についても辞退させていただきますので、どうかご容赦を……！」

「そのことだが――」

ヴィンスはそう囁くと、部屋の端にいるラビンにちらりと視線を移す。

すると、ラビンは小さくコクリと頷いた。

「俺個人としては、ドロテアを好いている男に専属騎士を任せるなど不安しかないんだがな。……お前は、この国が誇る『名誉騎士』だろう」

ハリウェルは、ヴィンスの父の妹の子に当たる。彼の母は王族として公爵家に降嫁し、そしてハリウェルが生まれた。

ロワード公爵家は代々騎士の一族であり、現在ハリウェルは王位継承権を破棄して騎士として国のために働いている。

そんなハリウェルは今や国一番の強さを誇る実力者であり、最強と認められたハリウェルしかいない『名誉騎士』という称号まで賜っているのだ。

「レザナード王国では、王の婚約者、または配偶者の専属護衛は『名誉騎士』の称号を得た者に限るという決まりがあるのは、ハリウェルも知っているだろう」

「はい。それは、そうですが……しかし私は……」

「お前がなんと言おうと、決まりを変えるには時間がかかる。それと、これでも俺はお前の忠誠心や、ここで形ばかりの謝罪をするような性格でないことくらいは分かっているつもりだ。それに、ラビンのお陰であの場は収拾がついたからな」

そう言ったヴィンスは、未だに床に両膝をついているハリウェルの前まで歩く。

そして、先程までの棘のある声ではなく、いつもの淡々とした、けれどどこか力強い声で言い放った。

「ハリウェル・ロワード。先程の件は不問にし、専属護衛の件はこのままとする。励めよ」

「………………っ！　ハッ……！」

とはいえ、さっきの今だ。ヴィンスの心が凪いだ海のように穏やかであるはずはなく、重低音の声でハリウェルに釘を刺すのだった。

「……ただな、ドロテアを煩わせるな。騎士として節度を守った行動を心がけろ。……良いな」

「も、もちろんでございます！　陛下……！　頂いた任は、精一杯務めさせていただきます！　この身が砕けても、ドロテア様をお守りいたします……！」

その言葉を最後に、ハリウェルにも休養を与えるために下がれと命じたヴィンスは、再び椅子に腰を下ろすと、おもむろに前髪を掻き上げる。

同時にラビンは、そんなヴィンスの近くへと駆け寄った。

「……ああ言ったものの、これからハリウェルがドロテアの近くに四六時中いると思うと複雑だ」

愚痴っぽく言葉を漏らすヴィンスに、ラビンは微笑んだ。

「……それはそうでしょうね。しかし、陛下が言う通り、あのお方は陛下に忠誠を誓っていますし、それほど心配せずともよろしいかと思いますが」

「……それは分かっている。だが、考えるよりも先に言葉や行動に出るあいつの性格は、忠誠心の有無ですぐに変わるものでもないだろう」

「まあ、それは確かに……しかし、それならどうして専属騎士をお認めに？　陛下が無理にでも制度を変えてしまえば……」

ラビンの問いかけに、ヴィンスは「それは──」とだけ言って、再び口を閉じる。

──全ては自分で決めたことだ。自身の中で納得して、ハリウェルが専属護衛騎士になるのを認めたはずだというのに。

（……ああ、クソ。私情を優先させて解任するべきだったか）

ヴィンスはそんなことを思いながら、無意識に奥歯を噛み締める。

しかし、そうすればハリウェルの求婚を勘違いだと信じているドロテアは不審がるだろう。

それに、彼女の専属護衛騎士になれるのは現時点でハリウェルだけなので、そこを外すのもまた問題だ。今後ドロテアが公務や貴族令嬢の茶会に行く場合、専属騎士がいるに越したことはない。

（とはいえ）

やはりあの場で咄嗟にハリウェルを止めて、状況を収拾したラビンの功績は大きいだろうか。

あのままハリウェルが言葉を続ければヴィンスはより一層苛立っていただろうし、もしも求婚が真実として城内に広まれば、ドロテアが気まずい思いをするだろうから。

おそらく、そのことを察してすぐさま行動してくれたのだろうラビンに、ヴィンスは視線を移した。

「ラビン……今日は助かった」

「珍しいですね。そんなことを言うなんて」

「……それならいつも通りにしてやろう。さっさとディアナに告白しろ、ヘタレ兎」

「なっなっなっなぁ～～!?」

顔を真っ赤にして叫ぶラビンに、ヴィンスはクツクツと喉を鳴らす。

けれど、ドロテアの傍にハリウェルがいるのだと思うと、どうしても嫉妬の感情が消えることはなかった。

ヴィンスとハリウェルの話し合いが終わった頃。

ドロテアは現在、ディアナの部屋でお茶を共にしていた。

つい数分前までは部屋で読書をしていたのだが、物凄い勢いで部屋に来てくれたディアナに、お茶をしようと誘われたのである。

「お義姉様！　ハリウェル様に勘違いで求婚されたって聞きましたわ！　勘違いとはいえお兄様はかなりお怒りの様子だったとか！　お義姉様のお心は大丈夫ですか……っ？　私、心配で……！」

「ディアナ様、落ち着いてくださいませ……！」

ナッツとディアナ付きのメイドがお茶や菓子の準備をしている間、いつもより大きな声で問いかけてくるディアナ。

どうやら、お茶に誘ってくれたのは、先程の件でドロテアが傷付いてはいないかと心配してくれていたらしい。

「怒ったお兄様は怖くありませんでしたか……!?　勘違いとはいえ、皆の前で抱き締められたり、求婚をされて、嫌な気持ちになったりとかは……っ」

「ディアナ様……なんてお優しいのでしょう……」

余程心配してくれているのだろう。いつにもましてピクピクと黒い耳が動き、眉尻を下げた様子のディアナに、可愛い……！　と思いつつ、ドロテアは緩んだ思考を切り替える。

これ以上、ディアナに心配をかけるわけにはいかなかったから。

「実際、抱き着かれて求婚されたときは何事かと思いましたが、突然過ぎて嫌な気持ちより驚きのほうが強かったです。それに、結果的にはハリウェル様の勘違いだったわけですし、今は何とも。ヴィンス様のお怒りの様子に関しては……むしろ……」

「むしろ？」

これをどう伝えたら良いのだろう。上手く言語化できる言葉が見つからないと思いつつ、ドロテアはできる限り思いを言葉に乗せたのだった。

「嬉しい……といいますか」

「嬉しいですか……？」

「はい。普段あまり感情的に怒るヴィンス様を見ることがないので、そういうお姿を見られたことが、その、改めて私のことを本当に好いてくださっているのも、感じた、といいますか……っ」

「はいっ！　はいっ！　それで……!?」

前方には、黒い尻尾をブンブンと振って目をキラキラとさせるディアナ。

後方からは物凄く強い風を感じ、ナッツが興奮して尻尾をぶりりんっと振りまくっているのだろうと察したドロテアは言葉を続ける。

「その、もしや、やきもちを焼いてくださっているのかもと思うと、僭越ながら嬉しくなってしまって……」

「きゃー!!　お義姉様可愛いですわー!!　胸がキュンってしますわ──!!」

「ディ、ディアナ様落ち着いてくださ──って、ナッツ！　貴女も落ち着いて……！　風が……っ、すごっ」

それからディアナの興奮は最高潮に達したのか、「お兄様きっと、お義姉様から、やきもちを焼かれて嬉しかったなんて聞いたら、嬉し過ぎてこうですわ！」と言うと、両手を出して指先を少し曲げる。

そして、鈴が鳴るような声で「がおーですわっ」なんて言ってライオンのマネをしているディアナに、ドロテアの心臓はギュンッと音を立てた。

「殿方は好きな女性があまりに愛おしい時、つい、がおーっとなるから気を付けてくださいねと、前にラビンから聞いたことがありますから──って、お義姉様？」

胸を押さえるドロテアに、ディアナはきょとんとする。

「狼なのにライオンなのがまた堪りません……。ディアナ様が……可愛過ぎて……動悸が……」

「えっ？　大丈夫ですか……!?」

「はい……国宝級です……。何度でも見たいくらいです……」

「そんなにですか⁉　ふふ、それなら今度ラビンにもしてみようかしらっ」

「とっっっても良いと思います……」

(きっとラビン様は、ディアナ様の可愛さにしばらく使い物にならなくなるのでしょうが。まあ、ご自身でディアナ様にお教えしたのですから、致し方ありませんね)

ドロテアでさえディアナのがおーポーズに悶絶したのだ。おそらくラビンは凄いことになるだろうが、それはまた別の話である。

それからしばらく、ディアナの部屋では可愛らしい時間が流れた。

耳をピクピクさせてキャッキャと騒ぐディアナに、ブンブンと尻尾を振り回して「ぷきゅうっ」と鳴いているナッツは、この世のものとは思えないほど可愛いのは言わずもがな。

(可愛いに包まれて、何て贅沢で幸せな時間……)

これでもふもふも自由にできれば……！　と思わなくはないが、それはさておき。

「……あっ、あの、お義姉様」

その少し後のこと。落ち着きを取り戻したディアナが何だか恥じらうようにして話しかけてくるので、ドロテアは小首を傾げて「はい」と答えると。

「先程の騒動の時……その、ラビンが活躍したのだとか……その、えっと……」

ぶんぶんぶん。言いづらそうにしているが、黒いフサフサの尻尾がディアナの感情を表している。

おそらく、ドロテアの心配が無くなったので、次は好きな相手——ラビンの活躍を聞きたいのだろう。

(は、恥じらう姿も、なんて可愛らしいのでしょう……！　ああ、尻尾も恥じらって揺れている気がする……！　もふもふ……じゃない！)

つい手が伸びてしまいそうな自身の欲求を必死に抑えつつ、ドロテアは求婚騒動の時のラビンの活躍について話していく。

すると、ドロテアの話を聞き終わる頃には、ディアナは満面の笑みを浮かべていた。

「ラビン大活躍ですわ！」

「はい、何だかとても逞しかったですよ。あのままハリウェル様が勘違いを口にし続けては、ハリウェル様自身がもっと恥をかいてしまいますし、私やヴィンス様もより困惑してしまっていたでしょうから」

「ふふっ、ラビン、格好良いです……！」

嬉しそうに頬を緩めるディアナに、ドロテアもつられて笑う。

そんな中で、ドロテアはふと思った。

(……ディアナ様とお話ししていると、無性にヴィンス様に会いたくなる)

二人が兄妹で、似ている部分があるからだろうか。それとも、先程ヴィンスの話をしたからだろうか。

――どちらにせよ。

（ヴィンス様に会いたいな……）

やきもちを焼かれるのも嬉しいけれど、いつもみたいにあの余裕を浮かべた蠱惑《こわく》的な瞳で見つめてもらいたい。聞き心地の良い低い声で、ドロテアと名前を呼んでほしい。

（それに、そろそろ、キスも――って、何を考えているの私は……！）

ドロテアは独りでにぶんぶんと首を横に振ると、突然のことに心配そうな面持ちで見てくるディアナに対し、大丈夫だからと口にする。

（あ……）

そしてその瞬間、ドロテアはとても大切なことを自覚したのだった。

（キス云々の前に……私まだ、ちゃんとヴィンス様に思いを伝えられていないわ……！）

第十八話 ✦ なんてことのない夜のはずだったのに

同日の夜。

そろそろ時計が二十二時を指そうというのに、ドロテアは書庫にやってきていた。

「な、ななな、こんな……こんなことを言うの……!?」

真っ暗な書庫の中、テーブルの上にはぼんやりと光るオイルランプ。

それはドロテアが移動のために持ってきたもので、現在は暗闇の中で本を読むために使用されている。

「一晩中愛されたいのは貴方だけ……!?　早く貴方との子供が欲しい……!?　は、激し過ぎない……っ!?」

ドロテアの手にあるのは、最近市井で流行っている恋愛小説だ。その小説の山場である、女性からの告白シーンに、ドロテアは堪らずパタンとその本を閉じた。

「こんなことを言うのは……私には到底無理だわ……」

そもそも、何故ドロテアがこんな時間に書庫を訪れたかというと、告白というものに対して知識を得るためであった。

ヴィンスからは何度も愛の言葉をもらっているのに、自分は明確な言葉を伝えていないことが発覚したため、どうにか知識だけでも蓄えなければと思い立ったのである。

結婚に興味を持ち、知的好奇心が豊富なドロテアは過去にも恋愛小説を数多く読んできていたのだが、告白シーンに注目して読んだことはなかったのだ。

「けれど、これは物語だもの。普通に好きって伝えれば問題ないはずよね……そう、普通に、ふつう、に……す……。～～っ!!」

ヴィンスを頭に思い浮かべると、普段何気なく使う好きという言葉が中々言えなくなる。その現状に、ドロテアはどうしようかと頭を抱えた。

しかしその時、とあることを思い出した。

「そういえば私……前回の新月の時、ポロッとヴィンス様に好きだって言いそうになったのよね……」

あの時は、珍しく弱音を吐いているヴィンスが可愛く思えて、愛おしさが溢れ出して、つい口に出てしまいそうになった。けれど――。

「思いを伝えなきゃって意識すると……中々伝えられそうにないわね……だって、恥ずかし過ぎる……っ」

告白に限らず、身構える程困難になることは多い。

羞恥心に染まりながらも、そんなふうに冷静に分析をしたドロテアは、一朝一夕で告白をするのは厳しいだろうと判断し、ゆっくりと立ち上がった。

「今日は一旦部屋に戻りましょう……。告白については、もう少し頭の中で整理ができてから……うん、そうね」

問題を先送りにするのはドロテアの望むところではなかったし、ヴィンスに思いを伝えられていない状況を長引かせるのも、申し訳無いと思う。

けれど、今はまだ羞恥に勝てないと悟ったドロテアは、書庫の扉を開いて廊下に出た。

「……！　ハリウェル様……？」

その時、偶然廊下を歩いているハリウェルを視界に収めたドロテアは、目を見開く。

ガラスから射し込む月光によって、キラリと光るハリウェルの白銀の髪には、美しさを覚えた。

「ドロテア……！　じゃなかった、ドロテア様……！　こんな夜遅くにどうしてこちらに……!?」

「こんばんは、ハリウェル様。少し気になることがあって、本を読んでおりました」

ほぼ初対面のハリウェルに呼び捨てにされたことに驚いたドロテアだったが、昼間のことを思い出し、おそらく彼の本当の想い人と名前が同じだからなのだろうと推察すれば納得がいく。

更にドロテアは「ハリウェル様はどうしてこちらに？」と問いかけた。

「実はさっきまで野外の訓練場で鍛錬をしておりまして、終わったので部屋に戻ろうかと。あっ、一部の騎士はいつでも王城の護衛に回れるよう、城内に部屋を頂いているのです」

確かに城に衛兵は常駐しているが、戦闘において精鋭である騎士たちも城を守ってくれるなら、それに越したことはない。

「なるほど。そうなのですね。丁寧に教えてくださってありがとうございます、ハリウェル様」

そう言って頭を下げれば、ハリウェルは慌てた様子で声をかけた。

「ドロテア様！　私は公爵家の人間ですが、貴女様の専属騎士です。ですから、このようなことで礼は不要です!!」

「……そ、そうですか？」

ずいと顔を近づけられ、ハキハキとした声でそう告げられたドロテアはコクリと頷く。そして、ハリウェルの発言に注目した。

(昼間は少し有耶無耶になってしまったけれど、専属騎士はやっぱりハリウェル様にやっていただくのね。まあ、厳密には、護衛騎士任命式典が終わってから、正式に就任になるわけだけれど)

ハリウェルが『名誉騎士』の称号を持っていることや、王の婚約者や妻の護衛騎士に任命される際の決まりについて、ドロテアは把握している。

因みに、その決まりができたのは、昔『名誉騎士』が当時の王妃を危機から救ったからと言われている。

昼間に勘違い求婚騒動があったので、ヴィンスはこのままハリウェルに専属護衛騎士を続けさせるのか？　と若干疑問だったのだが、どうやら変更はないようだ。

（まあ、そうよね。そもそも、決まりがあることだし……ヴィンス様は人の勘違いに目くじらを立てるようなお方ではないもの）

疑問が解消したドロテアは、再びハリウェルと向き合う。

（なんというか、獣人国には美男美女しか居ないのかしら）

まだ十九歳だからか、彼の面持ちにはまだ幼さが残っているものの、間違いなく美青年だ。ヴィンスのような蠱惑的な雰囲気はない代わりに、母性本能が擽《くすぐ》られるような可愛さがある。

それに何と言っても、純白の耳と尻尾だ。まるで綿菓子みたいなそれは、ついつい触ってしまいたいという欲に駆り立てられる。

「ドロテア様……？　そ、そんなにじっと見つめられますと……その……」

「……！　ああ、申し訳ありません！　ご立派な耳や尻尾だなぁと思ったら凝視してしまいました。失礼いたしました」

「い、いえ。……貴女にならら……ずっと見られても、何なら触られたって構いません……！」

「え？」

月明かりとオイルランプの僅かな光でも目視できるほど、顔を赤らめてそんなことを言うハリウェル。

そんな彼の目は何だか情熱的で、何気ないリップサービスのようには聞こえなかった。

「……いいえ、お気遣いは大変ありがたいのですが……」

ナッツに尻尾を触るかと問われた時は、あんなに胸が高鳴ったというのに、どうしてだろう。ハリウェルが男性だからだろうか、それとも、彼の瞳に映る熱っぽさに、自身の本能が警戒心を抱いたからだろうか。

（……って、失礼よね。きっとハリウェル様は私のことを主人だと思って、純粋に仕えようとしてくれているのに。今の申し出も、きっと私が獣人さんたちの耳や尻尾がとても好きだって耳にしたからよね）

ドロテアはそう自問自答すると、「遅いので部屋までお送りします！」と言ってくれたハリウェルに甘えることにして、薄暗い廊下を二人で歩き始めた。

その後、ハリウェルから改めて日中の勘違い求婚を心から謝罪されたドロテアは、ハリウェルの愚直さを知った。

歩いている足を止めて深く頭を下げたり、何なら土下座を始めそうなハリウェルは、本当に申し訳無く思っているのだろう。

「本当にもう大丈夫ですよ、ハリウェル様。私は何も気にしておりませんし、ヴィンス様がお許しになったのなら尚の事私が言うことはありません。むしろ、これから、よろしくお願いいたします」

「うう、ドロテア様……！　なんて優しい……！　やはり貴女は誰よりもお優しいお方です!!」

（やはり……？）

少し引っかかったドロテアだったけれど、感動するハリウェルに両手を力強く握られ、ぶんぶんと振られてしまえば懸念を思考する余裕はなかった。

「は、ハリウェル様……っ、少し離してくだ……っ」

「絶対、絶対に私がドロテア様をお守りしますから……！」

まるで崇拝するかのようなキラキラとした目でブンブンと尻尾を振るハリウェルは、狼というより、飼い主を大好きで仕方がない犬に近い気がする。

もちろん、そんなふうに慕われたら嫌な気はしないし、揺れる尻尾や耳は相変わらず可愛らしい、のだけれど。

「あ、ありがとうございます……！　けど一回、離し——」

そう、ドロテアが懇願するように口を開いた時だった。

「ハリウェル。ドロテアから手を離せ」

突如聞こえた聞き慣れた低い声に、ドロテアはその声の主の方に振り向いた。

そこには、黄金の瞳をずっと細めた、やや顰めっ面の婚約者——ヴィンスの姿があった。

「ヴィンス様……っ」

「陛下……！」

無論、ハリウェルもヴィンスの登場に気付かないはずはなく、驚いたのか、ドロテアを掴む手がパッと緩む。

その瞬間、ドロテアは今だとばかりに手を引っ込めると、続いてこちらにスタスタと足早に歩いてきたヴィンスの腕の中に引き込まれていたのだった。

「きゃっ……」

勢いのあまり、こつんとヴィンスの胸板で額を打ったドロテアだったが、ヴィンスに会えた嬉しさや驚き、そして彼から感じる張り詰めた雰囲気に、痛みなんて感じなかった。

「ハリウェル、ドロテアの手を無理矢理掴んでいたように見えたがどういうことだ。それに、ドロテアはお前に離すよう言っていたはずだが」

声は荒らげずに静かに怒るヴィンス。おそらく、昼間の件もあって周りに誤解を生むような行動をしたハリウェルに憤りを覚えているのだろう。

そんなヴィンスに対して、ハリウェルはさぁーっと顔が青ざめると、腰を直角に曲げて深く頭を下げた。

「本当に申し訳ありません!!　偶然お会いしたドロテア様に昼間の件を謝罪したところ……心優しく許してくださった慈悲深き姿につい興奮してしまい……！　感動のあまり……ひたすら手を……！」

「………。そうなのか、ドロテア」

「は、はい。私が慈悲深いかどうかは分かりませんが……概ねはそうかと……」

獣人は耳が良いが、室内にいると特別な加工のせいで廊下の声は聞こえない。

おそらくヴィンスは書庫からほど近い執務室で仕事をしており、廊下に出た瞬間ドロテアの声を聞いて駆け付けてくれたのだろう。

「……そうか。状況は把握した」

ヴィンスはぽつりとそう呟くと、ドロテアから少し離れて、未だに深く頭を下げているハリウェルを見下ろした。

「ハリウェル、昼間も言ったが、ドロテアを煩わせるようなことはするな。それと、周りに誤解を与えかねない行動も重々気を付けろ。いいな。――次はないぞ」

「は、はい!!　大変申し訳ありませんでした……！」

その会話を最後に、ヴィンスはハリウェルにもう行けと命じて、その場は収束したように思えた、のだけれど。

（ヴィンス様……おそらくまだ怒っていらっしゃる）

二人きりになった廊下。困っていたところを助けてくれたヴィンスにお礼を伝えなければいけないところだが、ドロテアはヴィンスに話しかけられないでいた。

ヴィンスの表情はもちろん、張り詰めたように鋭く立ち上がった彼の尻尾に、彼の中に不穏な感情があることを察したためである。侍女時代に鍛えられたのであろう観察力が、今日は仇になった。

（……とはいえ）

このままという訳にはいかない。

いくら苛立っていても、お礼を言われて無下にするようなヴィンスではないだろうと、ドロテアが話しかけようと覚悟を決めた、その時。

「ドロテア、来い」

「えっ」

ヴィンスの手に手首を捕われたドロテアは、そのまま彼の後ろを付いていく形となる。

それからヴィンスは直ぐそこにある執務室に入ると、誰もいないことを確認してから、ドロテアにソファに座るよう命じた。

「ヴィンス様、もし宜しければお茶の準備を――」

そして、侍女時代のクセで、何気なくドロテアがそう声をかける。

「いい。とにかく座れ」

「……っ、は、い」

ギラついた琥珀色の瞳に、いつもより抑揚のない声色。有無を言わさぬ雰囲気のヴィンスに、ドロテアは少し肩をビクつかせてから、ソファの端っこにちょこんと腰を下ろした。

（ヴィンス様……想像していたより怒っている――!?）

もうドロテアの背中は冷や汗でびちゃびちゃだった。服を雑巾のように絞ればポタポタと滴るだろう。

（もしかしたら、私にも怒ってる？　ハリウェル様に手を離していただくための言い方が甘いとか、婚約者としての自覚が足りないとかそういう……）

ヴィンスには時折意地悪を言われるけれど、それはお菓子なんかよりも甘美なものだ。

所謂怒りというものを彼にぶつけられたことがなかったドロテアは、どうしたら良いのだろうと両手で胸の辺りを押さえる。

しかし、その時だった。

「……ふぅ、ドロテア」

深く息を吐いてから、先程よりも少し穏やかな声で名前を呼んだヴィンスはドロテアに近付くと、彼女の膝を枕代わりにしてソファに横になった。

「……!?　ヴィンス様……っ!?　な、何を……！」

「……ハリウェルのせいで今日はどっと疲れた……悪いが、少し休ませてくれ」

真上にいるドロテアを見てそう言ったヴィンスは、ごろりとドロテアの方に寝返りを打った。

「……っ、ヴィンス様……！　お疲れならばお部屋に戻ってベッドで眠ったほうが宜しいかと……！」

「お前の膝枕のほうが疲れが取れる」

「～っ!?　それならばせめて反対を向いていただけると……！」

懇願するような声色で頼むドロテアに、ヴィンスは視線だけをドロテアに寄こして、ふっと微笑んだ。

「嫌だ」

「いっ、嫌ですか……っ!?」

「ああ。だってこっちを向いたほうが、俺はお前を感じられるし、ドロテアは恥ずかしいだろう?」

「……!? い……意地悪です、ヴィンス様……」

真っ赤な顔をしてドロテアがそう言うと、ヴィンスは「どこが」としれっと答えた。

「……これでも、本当は押し倒してしまおうかというくらいには嫉妬で頭がどうにかなりそうなんだ」

「……っ!?」

「それを膝枕で我慢している俺は、むしろ紳士だと思うが?」

なんて、自分で言っておきながら「紳士なんて柄でもないがな」とポツリと呟くヴィンス。

ドロテアは不安の沼から一転して甘い沼に落とされて、もうたじたじだった。

「ドロテア……さっきは怖がらせたな。済まなかった」

「えっ……いえ、そんな……!」

けれど、そんなふうに謝られてしまえば、ドロテアも本来言わなければいけないと思っていた言葉がしっかりと頭の中に浮かぶわけで。

「私こそ、ヴィンス様の手を煩わせてしまって申し訳ありません……」

「あれは全面的にハリウェルが悪いから気にしなくていい。……それに」

「嫉妬したのは俺の勝手だしな」と囁いたヴィンスに、ドロテアはどうしようもなく切ない気持ちになった。好きな相手に対して嫉妬するのは別に普通の感情だと思うから。

しかし、ヴィンスがそう思ったのは、ドロテアがきちんと思いを伝えていないからというところが大きいのだろう。

その自覚があるドロテアは、恥ずかしさのあまり告白ができない代わりに、これだけは伝えなければと口を開いた。

「ヴィンス様に嫉妬してもらえるのは……とても、嬉しいです」

「…………！」

「……っ、だから、勝手なんかじゃありません……」

両手で顔を覆いながら、必死に紡いだドロテアのそんな言葉。

ヴィンスは「本当にたまに凄いことを言う……」と呟いて、男の本能——ラビン曰くがおーが出ないように、片手でそっと顔を押さえた。

その後は、冷静さを取り戻したヴィンスが怖がらせたお詫びにもふもふを許すと、ドロテアは花が咲いたように笑って、彼の耳と尻尾をもふもふしたのだとか。

「ふふ、もふもふ……幸せです……ふふっ」

「……本当に嬉しそうに触る奴だな」

「……ふへへ、ふわふわ、もふもふ……ぐふふ……」
「聞いちゃいないか」

第十九話　視察に行きましょう

一週間後。

今日は王の間で、ハリウェルの護衛騎士任命式典が行われた。

これをもってハリウェルは正式にドロテアの護衛騎士となり、そのことは城内だけでなく国中にも周知されることになる。

本来であれば、ドロテアがヴィンスの正式な婚約者になった時点で婚約披露パーティーを開き、それから護衛騎士任命式典が行われるのだが、パーティーの準備のほうが大掛かりなので、今回は順番が逆になったのだ。

（さて、改めて気を引き締めなければ）

婚約披露パーティーが行われるのは一ヶ月半後だが、書類上ドロテアはヴィンスの正式な婚約者だ。

専属護衛騎士までつけてもらったのだからと、ドロテアは改めて身の引き締まる思いだった。

そして現在、式典が終わった王の間で、ドロテアは玉座に座るヴィンスを見上げていた。

「ドロテア、式典の直後で疲れているだろうが、一つ頼みがある」

がらんとした王の間には、ドロテアと彼女の後ろに控えるハリウェル、そして玉座に座るヴィンスと彼の後ろに控えるラビンの四人。どこかキリリとした空気感の中で、ドロテアはゆっくりと頭を下げた。

「はい。何なりとお申し付けくださいませ」

そう返事をすると、ヴィンスがラビンに目配せをする。

すると、ラビンはとある書類をドロテアに持ってきて「ご覧ください」と言うので、ドロテアはその指示に従って書類に目を通した。

「これは、大都市『アスマン』の近隣の街、『セゼナ』の復興計画書ですね」

「ああ。ドロテアならば、書類を見ずとも大方のことは把握していると思うが、念のために準備させた」

『セゼナ』——通称『職人の街』。

この街にはレザナードが誇る伝統工芸品などを作る職人たちが数多く住まい、工房が多く建ち並ぶ。

『アスマン』のようにお洒落なブティックやカフェテリア、目を引くような露店や宿泊施設などはないが、ドロテアのような知的好奇心の塊からしたら、まるで夢のような街なのだ。

「確か、『セゼナ』は半年ほど前に竜巻の影響を受けて被災地認定されていましたよね。負傷者は出なかったものの、住まいや工房の一部が壊れたと。確か三ヶ月前に、それらの修繕の全てが完了したという報告書が上がってきていたはずですが……。もしかして、何か問題でも起こったのですか？」

「……いや、現時点で民から不満の声は上がっていないし、実際に俺が街の様子を見てきた限りでは、ほぼ以前と変わりはないんだが……一点だけ気になることがあってな」

「……………？」

気になることとは何だろう。流石のドロテアでもこれだということは思い浮かばず、引き続きヴィンスの言葉に耳を傾けた。

「復興から三ヶ月経った今でも、一部の工芸品の生産量が元に戻らなくてな」

「……もしや、フウゼン染めの布のことですか？」

「……！　良く分かったな」

「いえ。私も実は気になってはいたのです。ここ半年間、フウゼン染めの布の数が、被災前に比べ減少していること。……とはいえ、建物が元に戻っても、全てが元のように戻るには時間がかかると思い、それほど深くは考えていなかったのですが……」

そう考えていたドロテアだったが、ヴィンス曰く、それは少し違うらしい。

「フウゼン染めを扱う工房は、竜巻の被害には遭っていないんだ」

「……！　なるほど……」

だからヴィンスは、生産量が気がかりらしいのだ。

工房の主人が病気や怪我をしたというわけでもないことは裏を取っているらしく、原因が分からないらしい。

（フウゼン染めは他にない深い青色をしていて、それを使った品は、レザナードの工芸品の中でも特に人気が高いはず。他国との貿易品にも組み込まれているし、確かに数が減少したままでは困るわね）

状況を理解したドロテアは、口元に手をやると、何が原因なのだろうかと思案する。

（でも、ここで簡単に答えが出るなら、ヴィンス様が既に解決している気がする）

そんな結論に至り、それならば何故ヴィンスがこの話題を出してきたのか、という方に思考を巡らせると、ドロテアはとある答えに辿り着いた。

「ヴィンス様、頼みとは……その原因を私に探して来てほしいということでしょうか？」

「流石、話が早いな。ドロテアには俺の婚約者として、明日『セゼナ』を視察し、フウゼン染めの生産量が減ったままである原因を突き止めてほしい。……ドロテアならば、それができるんじゃないかと思ってな」

「そんな……私はただの侍女で――」

そう言いかけて、ドロテアは自ら言葉を飲み込んだ。

（ただの侍女じゃないわ。……私はもう、ヴィンス様の正式な婚約者なんだもの）

ヴィンスのことだ。おそらく原因を突き止めるためにある程度の手段は講じたはず。

それでも分からなかったとなると、一筋縄ではいかないのかもしれない。

（……それでも、ヴィンス様は私に任せてくださった）

それは、ヴィンスがドロテアの知識の豊富さや思考力、観察力や行動力など、過分なほどに能力を認め、期待しているからに他ならないわけで。

（好きな人に期待されるなんて、こんなに嬉しいことはないわね……）

ドロテアは美しい所作でドレスを摑むと、片足を引いて洗練されたカーテシーを披露する。

続いて、ゆっくりと口を開いた。

「……先程の言葉は取り消させてください。ヴィンス様の婚約者として、精一杯務めてまいります」

「…………ああ。期待している。だが無理はするなよ」

「はい！」

こうして、ヴィンスの正式な婚約者としての初めての仕事は、『セゼナ』への視察となった。

不安がないわけではないけれど、期待してくれるヴィンスのため、そして国や民のために、精一杯やれることはやろうと、ドロテアは明日の視察までの間、事前の下調べに尽力するのだった。

次の日の朝のこと。

朝食を食べ終えたドロテアは、相変わらず動く度にフリフリと揺れるナッツの尻尾に癒やされてから、城の正面入口へと向かった。

そこには既にハリウェルの姿があり、ドロテアが姿を見せれば、彼の耳はピクッと反応し、尻尾はぶりんっと激しく動いた。

「ドロテア様、おはようございます！　既に馬車の準備はできておりますので、いつでも出発できます！」

「おはようございます、ハリウェル様。それと朝から諸々の準備をありがとうございます」

「いえ！　ドロテア様のお役に立てたならば光栄でございます!!」

ぶんぶんぶん!!　まるで褒めてと言わんばかりに揺れるハリウェルの尻尾は、つい頬が緩んでしまうくらい可愛らしい。

以前、夜に廊下で会った時には、ハリウェルに対して何故か少しだけ警戒心を抱いてしまったわけだが、ここ数日のハリウェルの愚直で、真面目で、献身的な態度に、ドロテアは彼を信頼していた。

因みに、何度かハリウェルを含めた騎士たちの訓練を目にしたが、流石『名誉騎士』の称号を持つハリウェルの剣の腕は周りとは桁違いであり、それもまたドロテアの中で彼への信頼を高めた。

「さて、それでは行きましょうか、ハリウェル様。今日は一日護衛をよろしくお願いしますね」

「もちろんです！　参りましょう!!　このハリウェル、命に代えてもドロテア様をお守りします!!」

「……守ってはいただきたいのですが、できれば命はかけないでくださいね……」

それからドロテアは、ハリウェルに手を取ってもらい馬車に乗り込んだ。

ナッツや他の使用人たちに見送られ、城外に出たところで、今日の一日の計画を脳内で反芻する。

（まずは領主様にご挨拶をして、その後は早速フウゼン染めの工房に向かって職人さんから直にお話を伺って……と。色々下調べはしたけれど、役に立つかしら……）

自身の元々の知識と、昨日から今日にかけてフウゼン染めについて細かく調べた知識。

それらが役に立てばと思いつつ、ドロテアは馬車の小窓から景色に視線を移して内心で思った。

（ヴィンス様、私、頑張って参りますね）

朝から多忙な中、朝食の前に顔を出して「頼りにしている」と声をかけてくれた婚約者——ヴィンスのことを思い浮かべながら。

『セゼナ』の街に到着してからドロテアは、ハリウェルと数名の騎士と共に、まずは領主であるユリーカのもとへ向かった。

　ユリーカはコアラの獣人で、大きな耳が特徴の、穏やかそうな女性である。獣人国では女性でも爵位を継げるため、女性領主は珍しくなかった。

「ようこそ『セゼナ』においでくださいました、ドロテア・ランビリス様。フウゼン染めの職人の工房までは私が案内いたしますね」

「ユリーカ様ありがとうございます。よろしくお願いいたします」

（コアラの獣人さん……！　お耳がなんて素敵なんでしょう……可愛い……）

　視察なので顔には出さないよう気をつけたが、ドロテアはユリーカの可愛さに感無量だった。

　それはさておき、事前にヴィンスが話を通してくれていたので、視察はスムーズな始まりとなった。

　今現在、ドロテアたちがいるのは街の入口辺りだ。

　そこから少し歩いた所にフウゼン染めの工房があるらしく、ユリーカの先導のもと徒歩で向かうことになった、のだけれど。

「あのですねドロテア様、こんなことを私が言うのはなんですが、フウゼン染め職人のレーベさんは中々気難しい性格でして……」

「と言いますと？」

「こう、昔ながらの頑固ジジィと言いますか……」

「な、なるほど」

職人には頑固だったり拘りの強い人が多い気がする。それはドロテアも感じたことがあった。

しかし、ユリーカの言い方からして、おそらく相当なのだろう。

（フウゼン染め職人のレーベさん。確かヒョウの獣人さんのはず。……気難しいお方なら言動には気を付けて探らないと……）

——と、つい先程まで、ドロテアはそう思っていたというのに。

「ドロテアちゃんドロテアちゃん！　ほら、これを見てみろ！　これが染料となるフウゼンの葉を細かくしたものだ！　触っても良いぞ！」

「まあっ！　本物をこの目で見られるだけで感動ですのに、触っても良いのですか⁉　では、失礼しますね……！」

ドロテアたちが工房に着いて、ものの数分後。

まさかこんなに直ぐにレーベと打ち解けることになるなんて、ドロテアも思ってもみなかった。

（けれど……嫌われるよりは良いかしら……？）

牙が見えるほど大口を開けた笑みで、「ドロテアちゃんドロテアちゃん」とぶんぶん尻尾を振るヒョウの獣人――レーベ。

工房の端で、そんなレーベを信じらないといった顔付きで見ているユリーカと、「流石ドロテア様！」と凄まじい速さで拍手しているハリウェル。

――何故レーベがこんなふうにドロテアに心を許しているかというと、話は少し遡る。

それは、工房に着いた直後のこと。

話に聞いていたとおり気難しそうな顔をしているレーベに、ドロテアが簡単に自己紹介をしてから、早速フウゼン染めの生産量の低下についての話を切り出そうとした時だった。

(こ、ここは天国ですか!?　見たことないものが沢山……!!)

木材で造られた工房の中には、初めて目にする数種類の染色機に、葉を細かくするための大きなミキサー、もちろんフウゼン染めには欠かせない原料のフウゼンの葉がある。

知的好奇心の塊であるドロテアが、仕事を忘れて工房内を見入ってしまうのは致し方ないだろう。

「この染色機は今や世界に三台しかない貴重なもの……。わっ、フウゼンの葉は図鑑に載っているものよりも分厚いわね……」

興奮冷めやらぬ様子で、無意識にブツブツと呟きながら工房を見て回るドロテア。

いきなりこんな調子で大丈夫なのかとユリーカが心配していると、レーベはしばらくドロテアをじっと見つめてから、彼女に声をかけた。

「おい、あんた……ドロテアだったな。フウゼン染めに興味があるのか？」

その質問に、ドロテアは勢いよく振り向いて、レーベのもとへ駆け寄る。

話そっちのけで工房を見て回ったことへの申し訳無さよりも、感動のほうが上回っていたから。

「それはもちろんです!!　フウゼン染めはレザナードが誇る最高峰の染め物！　フウゼンの葉特有の深い青の色味は男女問わず人気で、他国にもファンが居るほど……！　しかしフウゼンの葉は扱いにくく、綺麗に染められるのは限られた職人さんのみ……！　その中でも最高峰の腕を持つと言われるレーベさんの工房が見られるなんて、興奮が止まりま――」

そこまで言って、ドロテアの声はぷつりと途切れた。

（ま、まずいわ……）

ここに来た目的は視察だというのに、今の自分はまるで見学にはしゃぐ観光客のようだと我に返ったからである。

「も、申し訳ありません、レーベさん……！　つい一人でぺちゃくちゃと……」

ヴィンスに任せられた仕事だというのに、とんだ大失敗だ。

ぽかんとした顔でこちらを見ているレーベをこれ以上呆れさせないよう、できる限りの謝罪をしなければと思い頭を下げた、のだけれど。

「おおお！　そうかそうか！　そんなにフウゼン染めに興味があるのかドロテアちゃんは!!」

「ドロテアちゃん……!?」

レーベの発言に、驚きのあまり声が出てしまったのはハリウェルである。

そんなハリウェルを余所に、レーベはドロテアの手を摑んだ。

「フウゼン染めを好きな奴に悪い奴はいねぇ！　好きなだけ見てってくれドロテアちゃん！」

「えっ、あ、は、い、ありがとうございます？」

（……あ、あら？）

——というわけで、レーベに大層気に入られたドロテアはその後、満足いくまで工房内を見て回ることができた。

職人であるレーベの解説付きで、ドロテアはこの上ない幸せな時間を過ごせた。

「えっと、レーべさん。そろそろ本題に……ここ半年間フウゼン染めの生産量が減っていることについて、お聞きしてもよろしいでしょうか？」

いくらなんでも、ずっと楽しんでいる訳にはいかない。

仕事で来たのだからと、ドロテアは意を決して問いかけると、レーベは「ドロテアちゃんになら話してもいいかな……」と、少し言いづらそうに話し始めた。

「最近、思ったように色が染まらない時があるんだ。前より色が薄いっつーのかな」

「……思い当たる原因はございますか？」

「いや、それがなくてよぉ。いろいろ染め方を変えたり試してみたんだが、分からなくてな。俺は染まり方が納得いかないものは市場には出したくねぇ。だから、染める数は減ってねぇんだが、納品数は半分くらいになってんだ」

レーベの話を聞いて、ドロテアはなるほどと納得した。

どうやら減ったのは単純な生産数ではなくクオリティが保証された納品数だったらしい。

（……もしかしたら）

ここまでの聞き取りで、ドロテアは昨夜考えついたとある仮説が頭に浮かぶ。

そして、ドロテアは「あの」と話を切り出した。

「フウゼンの葉自体の品質が落ちている可能性はありませんか？」

「何？」

「フウゼンの葉は劣化が早い植物です。そして、劣化した葉は染色の際に上手く発色しないと本で読みました。レーベさんの工房で使われているフウゼンの葉の採集場所を調べたところ、その地も竜巻の影響を受けていることは既に確認済みです。……つまり、竜巻の影響でフウゼンの葉に目には見えないような傷が付いている可能性があるのではないかと。そのせいで劣化したとすれば
――」

「……！　だから、試行錯誤しても薄く染まるものがあったのか！　言われりゃあ、竜巻の後から破れなんかで没にする葉が増えてたんだ！　良い葉だけを選んで使っていたつもりだったが……。なるほどな」

ドロテアの説明に、レーベは「そうかぁ、そういうことかぁ」と大きく頷いている。

一応仮説とは言ったものの、工房の設備はしっかりとしており、レーベの染色に対する熱意を知った今、おそらく今回の原因は原料の品質低下で間違いないだろう。

レーベにも思い当たるフシがあることから、ドロテアはホッと安堵した。

「いやぁ！　凄いなドロテアちゃん！　こんなこと直ぐに分かっちまうなんて！　……本当に凄いぞ!!　天才だ!!」

「いえ、私はただの侍女……っでは、なくて、ですね……！」

また言ってしまった、とドロテアは恥ずかしそうに顔を隠す。

「がははっ!!　まあ何でも良い！　とにかくお手柄だドロテアちゃん！　そんじゃあ今から解決策を考えるか！」

レーベがそう言うので、ドロテアは冷静さを取り戻すために頬をペチッと叩くと、直ぐに「そのことなのですが」と声をかける。

ドロテアは昨日から、フウゼン染めやフウゼンの葉、そして竜巻の経路や影響について考え、調べていた。

その時の情報と過去に知り得た知識から導き出されたのが今回の仮説だったわけだ。

「解決策も既に考えてありますので、ご安心くださいませ」

「な、何ぃぃぃぃ!?」

問題の原因を調べるなら、その時に挙がった原因の解決策も検討しておく。

当たり前のようにそれをやってのけるドロテアに、レーベだけではなく、ハリウェルとユリーカも驚いて、顎が外れるくらいに口を開けていた。


「それにしても！　ドロテア様はお優しいだけではなくて聡明で博識で……私は感動しました！」

「あ、ありがとうございます、ハリウェル様」

工房でレーベと別れてからというもの、ドロテアはハリウェルや他の騎士たちと『セゼナ』の街を歩いていた。

というのも、フウゼン染めの件が早めに解決し、帰城の予定時間までまだ余裕があったため、折角だから街全体も視察しようという話になったのである。

因みに、領主のユリーカは街の案内にも付き合うと言ってくれていたのだが、側近と思われる人物から急ぎの用事が入ったとかで既に別れた。

「原因が分かるだけでも凄いのに……竜巻の影響を受けていない別の採集地のフウゼンの葉を取り寄せる手筈を既に整えているだなんて……。本当に凄いの一言です！」

工房を出てからというもの、繰り返されるハリウェルからの称賛。

垂れた目をキラキラとさせて興奮している様子はとても可愛いし、褒められることはもちろん嬉しいのだけれど、ドロテアとしては大したことをしたつもりはなかった。

「……手筈を整えたと言っても、手続きに必要な最低限の書類を作っただけですから。城に戻ったら、レーべさんの意見を取り入れた報告書もその書類に組み込んで、ヴィンス様にご検討いただかなくては。実際にレーべさんのもとに高品質な原料が届くようになるまでは、解決とは言えませんしね」

とはいえ、おそらくここから新たな問題が起きることはないだろう。

フウゼンの葉をレーべのもとに届けるための人件費や輸送費よりも、フウゼン染めの生産量が災害前に戻る方が、国益に繋がるのは間違いないのだから。

（……ヴィンス様、私は貴方の婚約者として、少しはお役に立てたでしょうか……？）

城に帰って報告をしたら、ヴィンスは喜んでくれるだろうか。あの大きな手で頭を撫でて、「良くやった」と言って、褒めてくれるだろうか。鋭い牙をちらりと覗かせるように、微笑んでくれるだろうか。

（いけない、いけない、ヴィンス様のことを思い浮かべると、つい気が緩んでしまうわ）

しかし、まだ視察中だ。ヴィンスの婚約者として来ている以上、気を引き締めて臨まなければならない。

（さて、頑張りましょう！）

「ハリウェル様、次は工房が集中している地区に行きましょう！　護衛、お願いできますか？」

「はい！　ドロテア様のお気に召すままに、どこへでもお供いたします!!」

それからドロテアは、時間が許す限り街の様子と工房を見て回った。

時折知的好奇心が高まり過ぎて駆け足になり、転びそうになった時はハリウェルに手を取ってもらったり、やや軟派な男性職人がドロテアに触ろうとしようものならハリウェルが自然と直ぐに間に入ってくれたり。ハリウェルのおかげで怪我をすることも、嫌な気持ちになることもなく、ドロテアは有意義な視察を終えることになった。

「ドロテア様、もう少しで城に着きますよ」

「ええ、ハリウェル様、今日は本当にありがとうございました。沢山助けてくださってありがとうございます」

帰路に就くために馬車に乗り込んでから暫くして、ドロテアはハリウェルに対して深く頭を下げる。

すると、ハリウェルの純白の耳は真っ赤に染まり、それはピクピクと動いた。

「いえ！　こちらこそドロテア様のお役に立つことができたなら、本望でございます!!」

「……ふふ、ハリウェル様は本当に騎士の鑑ですね」

「そんなことは……！　私はまだまだ若輩者です！　しかし……ドロテア様にそんなふうに言っていただけると、騎士としてこれ以上ない誉れです！」

（そこまで……？）

出会ってまだそんなに時間は経っていないはずだけれど、そんなに主人として認めてくれているのだろうか。

（まあ、嫌われるよりは良いから気にしなくて良いわよね）

そう思ったドロテアは再びハリウェルと談笑しながら、馬車に身を任せた。


——空が茜色に染まり始めた頃。

ギギギ……という音と同時に城壁が開くと、馬車はスピードを落としてゆっくりと城内に入っていく。

「ドロテア様、もう少しで正門に着きます」

「ええ。城に着いたら私はヴィンス様のもとへ報告に向かいますから、ハリウェル様は他の騎士たちと一緒に今日は休んでくださいね」

「かしこまりました！」

そんなやり取りを済ませると、馬の蹄のパカラパカラ……という音が少しずつゆっくりになり、直後、正門の前に着いたところで馬車の揺れが止まる。

先にハリウェルが降り、ドロテアも続くようにして地面に足を着ければ、足元にすっと伸びた影に気が付いて、バッと視線を上に動かした。

「ヴィンス様……っ？　どうしてこちらに……！」

「おかえり、ドロテア」

「た、ただいま戻りました」

反射的に返事をしたものの、ドロテアの頭を疑問が支配する。

供を一人も付けずに、どうしてこんなところに一人で居るのだろう。

いくら獣人の耳が良いにしたって、城内からではドロテアたちの帰還の音は聞こえないはずだというのに。

（もしかして、窓の外を見て、私たちが帰って来たことに気付いたのかしら？）

もしそうだとしたら、ヴィンスはかなり急いでこの場に来たことになるが、彼の様子からそんな感じはしない。ということは――。

「ヴィンス様……もしかして私たちを出迎えようと思って、ここで待っていたのですか……？」

「……！　さあ、どうだかな」

そう言ったヴィンスは、どこかばつが悪そうに視線を余所へ逸らす。僅かに動いた耳とふりふりと揺れた尻尾、ほんのりと色づいた彼の頬にドロテアの心臓はどきりと音を立てた。

（珍しく照れていらっしゃる……！　か、可愛い……！）

ヴィンスの反応を見れば、はぐらかされても容易に見当はつく。

どれくらい待っていたのか分からないが、きっと照れている彼は答えてはくれないのだろう。

(私って、本当に幸せものだぁ)

忙しい中わざわざ時間を作ってくれて、待っていてくれたただなんて嬉しくないはずがない。

「ヴィンス様、ありがとうございます。帰城して直ぐにヴィンス様に会えるなんて、私……とっても幸せです」

だからドロテアはこの思いが伝われば良いのにと、花が開くように微笑んだ。

けれどヴィンスはその瞬間、口元を押さえて呟いた。

「…………ハァ。また不意打ちを……」

「え？　何ですか？」

「いや、何でもない。とりあえず歩きながら話すか」

「あ、はい」

ヴィンスが何を呟いたのかは聞こえなかったけれど、彼の雰囲気からして機嫌は良さそうだ。

(ふふ、ならいいわよね)

城内に向かって歩くヴィンスの隣を歩けば、少し後方からハリウェルが付いてくる。

ドロテアがにこやかな笑みを浮かべたままでいると、ヴィンスはドロテアの頭にぽんと手を置いた。

「その様子だと、フウゼン染めについては上手くいったのか？」

「はい！　詳細はまた後でお話ししますが、解決策についても殆ど書類は作成済みですので、ヴィンス様の承認をいただければ直ぐに問題は改善するかと思われます」

「ハハッ。解決策も考え済みか。流石ドロテアだな。良くやった」

よしよしと頭を撫でられ、ドロテアが嬉しそうに目を細めた。

三人で城内の階段を上り、もう少しで踊り場に到着しようという頃、ヴィンスは彼女の頭を撫でる手を止める。

そして、ヴィンスが彼女の後方に控えるハリウェルへと視線を移した、そんな時だった。

「きゃっ……！」

視察の緊張が解けた影響だろうか。うっかり階段から足を踏み外したドロテアの体が、後方へと傾いた。

（お、落ちる……っ）

突然のできごとに咄嗟に体が動くほど、ドロテアの肉体は万能ではない。

ただできることは、少しずつ離れていくヴィンスに対して手を伸ばすことだけだった。

「っ、ドロテア……!!」

「ドロテア様……!!」

ヴィンスとハリウェルの必死な声に返すことも叶わず、ドロテアは痛みに備えてギュッと目を瞑

った。

「……っ、あれ……？」

――というのに、いつまでたっても階段で身を打つ痛みを感じない。

どころか、力強く抱き寄せられ、尋常ではない安心感の中に居る。ドロテアはそっと目を開き、状況を確認した。

「ドロテア……！　大丈夫か！　怪我はないか……！」

「ヴィンス様……っ」

するとと、目の前にはこちらをなんとも心配そうに見つめるヴィンスの姿があった。階段から落ちそうになったところを、ヴィンスが抱き寄せて守ってくれたのだろう。それは容易に想像できた。

「は、はい……！　ご迷惑をかけて申し訳ありません……！」

「そんなことはいい……！　怪我はないんだな!?　もしや立ち眩みか何かがあったのか!?」

「ヴィンス様が抱き寄せてくださいましたから、怪我はありません……！　それにその、階段から足を踏み出したのは単なる私のミスでして……。その、視察では少し緊張していたのですが、ヴィンス様とお話をしていたら気が抜けてしまったみたいで……。面目ありません……」

褒めてもらったばかりだというのに、大失態だ。

恥ずかしさと申し訳無さから俯き、眉尻を下げたドロテアだったが、ヴィンスに名前を呼ばれて顔を上げた。

「お前が無事で良かった……っ」

「……っ」

安堵の表情を浮かべ、縋るような声で話すヴィンスに、ドロテアは胸がキュウと締め付けられる。

申し訳無い気持ちと、喜びが同時に込み上げてくるのだから、困ったものだ。

「ヴィンス様、助けてくださってありがとうございます」

「いや、ドロテアが無事なら構わん。……が、このまま歩かせるのは不安だから、大人しくしていろよ」

「え？　きゃっ」

すると、突然姫抱きにされたドロテアからは悲鳴にも似た声が漏れる。

恥ずかしがるドロテアを無視したヴィンスは、自分たちの少し下の段で、こちらに向かって両手を出しているハリウェルを見下ろした。

「ハリウェル、ドロテアは俺が連れていくからここまででいい。ご苦労だったな」

「……は、はい」

ハリウェルは手を下ろし、ヴィンスに深く頭を下げる。

今度はそんなハリウェルにドロテアが視線を寄せた。今の体勢は恥ずかしいものの、ハリウェルに礼を伝えなければならないと思ったからであった。

「ハリウェル様、改めて今日はありがとうございました。私が自由に動けたり、安全に街を見て回れたりしたのはハリウェル様を始め、騎士の皆様のおかげです」

羞恥のせいもあり、頬を赤らめた笑顔を見せるドロテアに、ハリウェルの頬はぽっと色づいた。

そんなハリウェルは「い、いえ……！　こここ、こちらこそであります!!」なんて動揺を露わにしている。

だが、その原因が自身の笑顔にあるだなんてドロテア本人が気付くことはなく――。

「厄介な無自覚人たらしめ……いや、獣人たらしか」

「え？　ヴィンス様、何かおっしゃいましたか？」

「何でもない。さあ、そろそろ行くぞ」

「あっ、はい……！」

その会話を最後に、ヴィンスはドロテアを抱いたまま、再び城内を歩き始める。

「私はあの方の騎士だというのに、陛下の方が先にドロテア様に手を伸ばされていた……」

そんな二人の姿が少しずつ小さくなっていく様子を、ハリウェルは少し切なげな目で眺めていた。

第二十話　捕食者と被食者

その後ドロテアはヴィンスと彼の執務室を訪れ、ようやく下ろしてもらえた。

いつも机の上にあるはずの書類の類がないので不思議に思って尋ねれば、ヴィンス曰く今日の分の仕事は全て終わらせてあるらしい。

（それなら、さっさと報告は済ませてヴィンス様にはお休みいただいた方が良いわよね）

せっかく二人になれたのでお茶でも飲みながらゆっくり報告ができたらと考えていたドロテアだったけれど、朝から多忙だったヴィンスの時間を必要以上に割くのは申し訳無い。

そのため、手早く報告だけを済ませようと口を開こうとしたのだが、それはヴィンスの声によって遮られた。

「ドロテア、茶を淹れよう。座っていてくれ」

「……！　それなら私が！」

「さっき階段から落ちかけた奴が何を言ってるんだ。良いから座っていろ」

「は、はい」

まさに願ってもないことだ。ヴィンスに給仕させるのは申し訳無いけれど、一緒に居られるのならば嬉しい。

(……ふふ)

ヴィンスが慣れない手付きで紅茶を淹れる。

その間、つい頬を綻ばせてしまうのは致し方なかった。

――ヴィンスと共に過ごす時間は刺激的で、甘美で、ドキドキで胸が一杯になるのに、それと同じくらいに穏やかな気持ちになれるのは、一体どうしてなのだろう。

時折くしゃりと笑う姿や、こちらをじっと見て話を聞いてくれる時の優しい瞳から、目が離せないのは何故なのだろう。

(……なんてね。そんなこと、もう分かっているわね)

口に出していないだけで、以前からドロテアの心の中にはその感情が芽生えていたし、自覚したのも昨日今日の話ではなかった。

(ああ、勢いで言ってしまえる性格ならば良かったのに)

身構えると中々言えない自身の性格に内心で溜息を漏らしてから、ドロテアは二つのティーカップに紅茶が注がれていく様を眺める。

当たり前のようにソファに横並びで座れば、少し動くだけで触れそうなヴィンスの右肩にドロテアはドキドキした。

そんな中、二人がその紅茶で喉を潤せば、先に口を開いたのはヴィンスだった。

「どうだ？　一応飲めはすると思うんだが」

「……！　むしろとても美味しいです！　ありがとうございます。これはレフィーヤですよね？　風邪予防に最適なんですよ」

「ほう」

なんて豆知識を交えながら、拳一つ分もないほどの距離に座っているヴィンスに、ドロテアは今日のことを話していった。

レーベが言っていたことはもちろんのこと、フウゼン染めの生産量を元に戻すための解決案、それに必要な諸々を丁寧に説明し、フウゼン染め以外の工房や、街も見て回ったことも話す。するとヴィンスは一言一句聞き逃さないように真剣に聞いてくれた。

そういうところがまた素敵なんだよね、なんてドロテアは思いつつ話し終えると、ヴィンスの右手がドロテアの左手へと伸びた。

「えっ」

「話は分かった。悪いが可能であれば明日、必要書類を提出してくれると助かる。そうすれば俺もすぐに動けるんでな。それと、改めてお手柄だったな、ドロテア」

「……ありがとうございます。それと、書類については可能なのですが……あの、ですね、どうしてまた手を……触っていらっしゃるんでしょうか……？」

恥ずかしそうに質問をしたドロテアに、ヴィンスは片側の口角を上げてふっと笑みを漏らした。

「仕事の話は一旦終いだ。そろそろ可愛くて仕方がない婚約者殿に触れたいと思ってな」

「は、はい……!?」

上擦った声をあげるドロテアに、悪びれる様子もなく、ヴィンスはさらりと言ってのけた。

「本当は全身に触れたいところを、手で我慢すると言ってる。……聡《さと》いお前なら分かるだろう？」

「〜〜っ」

そう言ってヴィンスは、ドロテアに見せつけるように指を一本一本丁寧に絡ませていく。

自身の手より一回り以上大きくて、先には整った形の爪がある彼の長い指。何度も見たことがあるはずなのに、こうもその手に触れているのだと見せつけられると、ゾクゾクと背筋に何かが這うような感覚に陥った。

けれどそれは、一切嫌な感覚ではないのだ。むしろ、どちらかというと。

（恥ずかしいのに、ずっと触っていてほしい……何これ……何これ……っ）

ドロテアは恥ずかしさと困惑からヴィンスの手を握り返すことはできなかったけれど、その代わり嫌がる素振りも見せなかった。

ただ、捕食者のような目でこちらをじっと見つめてくるヴィンスを、被食者になった気分で――

いや、このまま食べられても良いや、なんて気持ちで見つめ返すだけだ。

そんなドロテアに、ヴィンスは一瞬眉間にしわを寄せると、黒いフサフサとした耳をピクリとさせた。

「……その顔、わざとか」

「え……？」

「……俺が本当の狼だったら、そんな顔をしているドロテアを直ぐに食べるだろうな」

「……っ、た、食べるって……！」

「良かったなぁ、ドロテア。俺が理性のある狼の獣人で」

――もしかして、丸飲みされちゃうのかしら!?　……なんて、思えたらどれ程良かっただろう。

こういう時は察しなければ良いのにと思ってしまうドロテアだけれど、それが今更叶わないことも良く分かっているので、願うだけ時間の無駄だ。

（……ううっ、心臓が張り裂けそう……！）

相変わらず指は絡めたまま――いや、より強く絡まって、更に先程のヴィンスの発言にすっかり体に力が入らなくなったドロテアには、この場から逃げ出す術はない。

対応策もまともに考えられずにいると、「これ……」とヴィンスが囁いた。その声に、ドロテアは「はい？」と咄嗟に声が漏れた。

「この怪我、どうした？」

「……？　怪我、ですか？」

「人差し指、少し切り傷ができている」

はて、一体何のことやら。怪我をした覚えがないドロテアは、一旦ヴィンスに手を離してもらい、自身の人差し指を確認する。

するとそこには確かにうっすらと切り傷があり、傷口からして近々にできたものだというところまでは推測できたドロテアは、いつできたのか頭を捻る。

「あっ、今日視察の時にフウゼンの葉を触ったのですが、その際にもしかしたら葉で指を切ったのかもしれません」

「……なるほど。そういうことか」

フウゼンの葉は、ふちがかなりギザギザしている。そのため本来は手袋をして触れるのだが、ドロテアは初めてフウゼンの葉に触れる興奮で手袋のことを忘れていたのだった。

途中からはレーベが気が付いてくれて手袋をしたが、確かに素手で数枚触った覚えがある。

「……とはいえ、言われるまで気付かない程度ですので、問題はありません。今も痛くありませんし。念のために後で消毒だけしておきますので、本当に心配なさらないでくださいね」

ヴィンスは優しいので余計な心配はさせたくないと思い、ドロテアは早口でそう言ってのけた。

ここまで言えば、そうだな、という言葉が返ってくるだろうと予想していた、のだけれど。

「治療ならここで、俺がしてやる」

「えっ——」

一度離されたはずの自身の左手が、再びヴィンスに捕らえられる。

俺が治療をするってどういう意味なのだろう。ドロテアのそんな疑問を余所に、彼女の怪我をした方の手は、ヴィンスの口元へと誘われていた。

「ヴィンス様、あの――」

一体何をするのですか、と続くはずだったドロテアの言葉が紡がれることはなかった。

というのも、目の前の光景に、人差し指に感じる独特の柔らかさに、ドロテアの思考の全ては羞恥で満たされてしまったから。

「えっ!?　ちょ、えっ、あのっ、何で舐め……っ!?」

うっすらと切り傷がついたドロテアの人差し指の腹に這うのは、ヴィンスの口からちらりと覗く赤い舌だ。その舌が触れる度に、ひんやりと冷たく、けれどじんわりと温かい変な感覚がドロテアの指を襲う。

（ま、まままま待って……！　ヴィンス様の舌の感触が……！　それに、おっ、音がぁ……！）

厭らしくゆるりと這う舌からは、ピチャピチャという水音が僅かに漏れる。

ヴィンスの行動の意味が分からないし、分かったとしても恥ずかしいことには変わりがないので、ドロテアは彼の舌から逃げようと手を引くのだけれど。

「こら、逃げるな。もう少し」

「～～っ!?」

ヴィンスの力に敵うはずはなく、逃げるどころかより強い力で捕らわれてしまえば、ドロテアに為す術はなかった。

「……っ、ヴィンス様ぁ……っ、まって、や……っ」

それから、どれくらいの時間、舐められていたのだろう。

おそらく一、二分程度なのだが、自身の指からヴィンスの舌が離れた頃には、ドロテアの体は力が入らないくらいにクタクタになっていた。

（……もう、だめ……）

ドロテアは唇を半開きにして、無意識に恍惚とした表情を浮かべている。

そんな彼女の手から自身の手を離したヴィンスは、おもむろに口を開いた。

「ドロテア、傷口を見てみろ」

「え……？」

まだぼんやりとしている中で、ドロテアはヴィンスに言われたとおり自身の人差し指を見る。

「あ、れ……？　傷がない……？」

ポツリと呟いたドロテアに、ヴィンスはコクリと頷いた。

「……獣人は肉体能力が高いだけではなく、治癒能力にも優れていることは知っているだろう？」

「は、はい」

「これはあまり知られていないんだが、実は獣人の唾液には他者の治癒力を高める効果があると言われていてな。まあ、微々たるものだから、小さな掠り傷や薄い痣程度にしか効果はないんだが」

「……そうなのですね！　初めて知りました……！　獣人の皆さんにはいつも驚かされ――って、そうじゃない！」

　あわや知らなかった知識を得たことに感動しそうになったドロテアだったが、はたと我に返った。

「そうならそうと、先にそれを教えてくださっても良いじゃないですか……！　治療してくださったことは有り難いですが、い、いきなり舐められて、びっくりしたんですよ……っ!?」

　顔を真っ赤にしながらドロテアが小さな反抗を見せれば、ヴィンスは目をパチパチと数回瞬かせてから、ふっと笑みを零す。

　そして、ドロテアの左手の人差し指にちらりと視線を寄越してから、ヴィンスは少し前屈みになってドロテアの耳元に顔を寄せた。

「……へぇ。本当に驚いただけか？」

「…………!!」

「ちょっと気持ち良さそうな顔してたくせに」

「…………っ!?」

　そんなヴィンスの言葉に、ドロテアはぎくりと肩を揺らす。

　続いて自身の左手を右手で隠すように覆うと、俯いてブンブンと首を横に振ったのだった。

次の日の午後。

ドロテアはフウゼン染めについての報告書を完成させると、ヴィンスに提出するため執務室へと足を進めていた。

正式な婚約者になってからはドレスで過ごすことが多かったドロテアだが、今日は久しぶりに一日中ヴィンスたちの書類仕事を手伝える算段がついていたので、お仕着せに袖を通していた。

「やっぱりこの服を着ると落ち着くわね」

ヴィンスから贈られたドレスは全て可愛いし、何よりドロテアを着飾らせる時のナッツの笑顔といったらとんでもなく可愛いのだが、やはり慣れには勝てない。

今はまだしも、ヴィンスの妻ともなればお仕着せを着ることなんて無くなるだろうから、今のうちからもっとドレスに慣れなければ……と思いつつ、ドロテアは軽やかな足取りで執務室の前まで行くと、ノックをして扉を開いた。

「失礼致します。ヴィンス様、フウゼン染めについての――」

「「ドロテア様が来たァァ!!!!」」

「……!?」

執務室に一歩足を踏み入れた瞬間だった。机に突っ伏していたと思われる文官たちは、ドロテアの声を聞いて一斉に顔を上げて、歓喜の声を上げる。

そんな中でも「ありがたや～ありがたや～！」と人一倍叫んでいるのはラビンだ。そんなラビンにつられるようにその他の文官たちは目を輝かせた。

「ドロテア様!!　良く来てくれました!!　もうこの際遠回しな言い方はしません……手伝ってください!!!　お願いします!!」

「「「お願いします!!!」」」

「は、はい！　もちろんです……！」

今朝、各地から城に大量の書類が届いたとは聞いていたので、文官たちは疲弊しているのではないかと思っていたドロテアだったが、ラビンたちの様子からして想像していたよりも大変そうだ。

「ヴィンス様、私もお仕事に加わっても宜しいですか？」

「もちろんだ。……というか頼む」

ドロテアはヴィンスにフウゼン染めに関する報告書を提出すると、早速彼の隣の机に腰を下ろして筆を動かした。

「さて、これでようやく終わりだな」

机に残った最後の書類にヴィンスが国璽《こくじ》を捺《お》してそう言えば、ラビンを始めとする文官たちは口々に「終わった〜」と安堵の表情を浮かべた。

月に数回目まぐるしい程に忙しくなることがあるのだが、まだ月が昇りきっていないこんな時間に終われるなんて夢のようである。

これもひとえにドロテアのおかげだ……と、文官たちはドロテアに「神だ」「救世主だ」なんて感謝の言葉を述べていった。

「いえ、私はただのじ……ヴィンス様の婚約者ですから、これくらいはできませんと」

「また侍女って言おうとしたな、ドロテア」

「うっ……今のは、セーフ、です」

「ククッ……そういうことにしておいてやろう」

お仕着せを着ていることもあって、ついつい侍女だと言ってしまいそうになる。

（私はヴィンス様の婚約者……婚約者……婚約者……ふふ、婚約者、なのよね）

甘美なその言葉を脳内で反芻して少し浮き立つドロテアの一方で、「あっ」と声を出したのはラビンだった。

「陛下、そういえば書類に紛れていたのですが――」

「……？　俺宛の手紙？」

どうやら仕事の書類にヴィンス個人に宛てた手紙が紛れていたらしい。

ラビンは真っ白な封筒をヴィンスに手渡すと、ヴィンスは差出人を確認して、目を見開いた。

「ヴィンス様……？」

そんな様子を視界に収めたドロテアは、何かあったのかと疑問に思うのだが。

（……いくら婚約者とはいえ、あまり詮索してはだめよね）

そう考えたドロテアは、皆にお茶でも淹れようと立ち上がる。しかし、その瞬間だった。

「ドロテア、少し話があるんだが良いか？」

「は、い。もちろんです」

封の開いた封筒を手にしたまま立ち上がったヴィンスの問いかけに頷くと、ドロテアは素早く手を取られ、彼と共に執務室を後にした。

そして、到着したヴィンスの部屋。

異性であり、婚約者であり、好きな相手であるヴィンスの部屋で二人きりの状態にドロテアは緊張の面持ちだ。

けれど直後、言いづらそうに口を開いたヴィンスの言葉に、「えっ」と声を漏らした。

「……ドロテア、お前の家族たちへの罰が確定した。ドロテアの生家、ランビリス子爵家は約二ヶ月後爵位を剝奪され、平民に下ることになった」

第二十一話 ✦ ドロテアの悩み事

――『……ドロテア、お前の家族たちへの罰が確定した。ドロテアの生家、ランビリス子爵家は約二ヶ月後爵位を剝奪され、平民に下ることになった』

ヴィンスからそんな話を聞いた日の夜、ナッツを含めたメイドたちを既に下がらせたドロテアは、ナイトドレス姿で自室のバルコニーにいた。

「良い風……」

下ろした髪の毛がふわりと靡く。グレーのうねった毛先にはほんの少し水気が残っていた。

「……実家が、没落……二ヶ月後には爵位の剝奪、か」

木彫の丸いテーブルに、同じ木彫のお洒落な椅子は、この国に二つとない貴重なものだ。以前バルコニーで読書をするのが好きだと言った際に、ヴィンスが特注で手配してくれたのである。

そんな椅子にドロテアは腰掛けると、先程自身で準備したティーカップの中に紅茶を注ぐ。他国からの輸入品である花茶を初めて試すというのに、ドロテアの表情は暗いものだった。

「シェリーのしたことを考えれば、爵位を失うくらいで済んだと思うべきだということは分かっているけれど……」

――ドロテアの妹、シェリー・ランビリス。

シェリーは当初、生誕祭でディアナのことを侮辱した。しかしそれを謝罪することなく、尻拭いをドロテアに押し付け、更に建国祭ではヴィンスに暴言を吐いた。

結果としてシェリーは謝罪し、聖女の称号は剝奪されて王子との婚約破棄にまで至ったわけだが、それは決して償いとは言えない。

ただの子爵令嬢が他国の王族――ヴィンスとディアナを侮辱したとなれば、ことと場合によっては処刑さえもあり得るところ、平民になるだけならむしろ罰としてはかなり軽い方なのだろう。

「平民に下るのは二ヶ月後だとしても、もう既に屋敷は国が管理していてもおかしくはないわ。ずっと貴族として生きてきたシェリーたちがいきなり平民だなんて……住む家は？　仕事は？　一体、どうするつもりなんだろう……」

シェリー個人への罰だけでなく、子爵家の取り潰しというのは、おそらく両親の監督責任が問われたからだろうとドロテアは考えている。建国祭の時の様子から、両親も今回の罰は甘んじて受け入れたはずだ。

実際、ドロテアがヴィンスのもとへ嫁いだ段階で、子爵家として機能しなくなることは明白なので、今回の罰が違う形であったとしても、結局は没落していたかもしれないが。

「また後日、ヴィンス様に尋ねて――。……ううん、やめておきましょう」

ドロテアは、数時間前に別れた婚約者のことを思い浮かべる。

――実家の没落の話の後、ヴィンスは直ぐ様大臣たちに呼ばれて、少し会話をした後に申し訳無さそうに執務室へと戻っていった。

それから少しして、隣国との国境で新しい鉱石を発見したとかで、ヴィンス自らその鉱石の権利について話し合うため出向いて行ったようだ。

「……忙しいあの方の負担になりたくないもの」

それに、家族のことは今悩んでも仕方がないというのもまた事実だ。ドロテアが率先して手を貸すようなことではないし、おそらく彼らのためにもそれをしてはいけないだろう。

「…………ハァ」

そう考えれば少しは気が晴れるかと思ったのに。ドロテアを悩ませているのは、家族についてだけではなかった。

「獣人国の王の婚約者が、他国の人間の平民……これは流石に……」

ただでさえ獣人国の王の妻になるには、子爵令嬢では肩書が足りないと思っていたのに、二ヶ月後には平民になってしまうからである。

こればかりは、本当にドロテアではどうしようもないので考えても致し方ないのだが、それでも悩んでしまうのは、それほどヴィンスに好意を持ってしまったからだろうか。彼の隣に居たいと思うようになったからだろうか。

「ヴィンス様は去り際、どんな私でも構わないと仰ってくれた。ディアナ様やラビン様、お城の皆も心優しい方ばかりだから、そんなのは些細なことだと、気にしないかもしれない」

現に、城勤めの文官や騎士にも平民は少なくない。獣人国レザナードは貴族制を取り入れてはいるものの、ヴィンスは実力がある者は身分関係なく取り立てるという考え方を持っているためだ。

争い事を好まず、おおらかな者が多い獣人たちの殆どは、そんなヴィンスの考え方に賛同している。

そのため、たとえ今は平民でも貴族としての教養やマナーを満たしているドロテアならば、将来の王妃としてそれほど大きな反感を買うことはないかもしれない。

「けれど……きっと認めてくれない人も居る。平民の私なんて王妃に相応しくないと思う人が……」

そう思うのは、個人の自由だ。むしろ、なんらおかしなことじゃない。

だから、自身に対して不満の声が上がることは致し方ないとドロテアは思えた。

「……けれど、ヴィンス様が悪く言われるのは、嫌だな……」

ドロテアが今後平民に下ることについては、正式に書類が受理された二ヶ月後に、城の者たちや貴族たちに伝達するとヴィンスは言っていた。けれど、その際、周りの貴族たちと衝突することはないのだろうか。

ドロテアはそっと口を閉じて、そっと夜空を見上げる。

（綺麗な逆三日月……あと数日で、新月ね……）

ドロテアのコバルトブルーの瞳に映る逆三日月が、儚く揺れた気がした。


それから数日。

もう少しで陽が落ち始めるという頃、ドロテアは一人自室で筆を走らせていた。

（この書類が二ヶ月後に受理され、完全に貴族の籍から抜けるのね……）

ドロテアが書いている書類は爵位の剥奪を認めるという主旨のものだ。

本来爵位はランビリス子爵家当主である父しか有していないのだが、その家族もこの書類にサインをすることが決まりになっているのである。

（もう少しで、私はただのドロテア）

コト……と羽根ペンを机に置き、ドロテアはふぅ、と息をつく。

（それにしても、ヴィンス様がここ数日城を空けていて良かったわ）

爵位を剥奪されることを知ってからというもの、ドロテアは不安な気持ちを押し殺して気丈に振る舞っていた。実際、ナッツやディアナ、ハリウェルに様子がおかしいと指摘されることもなかった。

（けれど、きっとヴィンス様じゃ、そうはいかない）

ヴィンスは本当に察する力に長けている。ドロテアの気丈なふりなんて、きっと一瞬でバレてしまうだろう。

「あっ、もうこんな時間！　そろそろヴィンス様が帰ってくる頃だわ」

壁掛けの時計を見れば、ヴィンスが帰ってくる時間の三十分程前だった。

今日は新月のため、夜になるまでには必ず帰るという連絡を受けていたドロテアは、素早く立ち上がった。

（ヴィンス様、多分もう体がお辛いはず……。お出迎えしたら直ぐにお部屋にお連れして、それから温かい飲み物と着替えと、それに……）

そんなことを考えていると、突如聞こえてきたノックの音にドロテアは驚きつつ、「はい」と声を上げる。

「失礼致します」と入って来たのは、部屋の外で警備に当たってくれていたハリウェルだった。

「ハリウェル様、どうかなさいましたか？」

いつもより重たい足取りで入室したハリウェルの表情は、何だか気怠げに見える。尻尾も床につくほど垂れ下がっていて顔色も悪く、ドロテアは「大丈夫ですか？」と尋ねた。

「申し訳ありません……その、少し体調が悪いため、今日は失礼してもよろしいでしょうか。ドロテア様の護衛の件は別の者に任せてありますので」

ハリウェルは、言いづらそうにそう告げる。

先程まで色々と頭を悩ませていたドロテアだったが、今思い出せば、確か昼を過ぎた辺りからハリウェルは元気がなかったかも……と思い、彼に駆け寄った。

「体調が悪いことに気付かなくて申し訳ありません……！　この後はヴィンス様をお出迎えするだけですから、私のことは気にせずに先に休んで――」

くださいという言葉を静かに飲み込んだドロテアは、ハッとしてハリウェルを見つめた。

（そうよ、ハリウェル様は……）

ヴィンスの従兄弟で、そして――。

「ハリウェル様は白狼――狼の獣人さん……！　完全に陽が落ちる前に、早くお部屋に行かないと……！」

第二十二話 ✦ 新月の夜、白狼騎士様

ドロテアのそんな言葉に、ハリウェルは気怠げに目を見開いた。

「ドロテア様は、我々狼の獣人の秘密をご存じなのですか？」

「ええ。前回の新月のときにヴィンス様に教えていただきました。確認ですが、ハリウェル様も狼の獣人ですから、人間の姿になるのですよね？　それと、その姿は皆に秘密にする、で間違いないですか？」

ドロテアの問いかけに、ハリウェルはコクコクと頷いた。

（やっぱり……ハリウェル様が白狼だということは分かりきっていたのに、自分のことで頭が一杯で、失念していたわ）

把握していれば、今日一日ハリウェルを休ませてやることだってできただろうに、本当に申し訳無いことをした。

ドロテアは罪悪感で胸が一杯になるけれど、今はハリウェルを休ませることが先決だ。

（完全に陽が沈むまでおそらく一時間。見た感じ熱もありそうだし、できるだけ早く休ませてあげ

なくちゃ）

そう決意したドロテアは、さて、と小さく呟く。そしてハリウェルの横へと動き、彼を見上げた。

「ハリウェル様、微力ながら肩をお貸ししますので、早く部屋に行って休みましょう」

「……!? そんなっ、できません！ ドロテア様の手を煩わせるなど……！」

熱が上がってきたのか、顔を真っ赤にしながら首をブンブンと横に振るハリウェルに、ドロテアは穏やかな笑みを浮かべた。

「何を言うんですか。いつも護衛していただき、世話になっているのは私の方です」

「それは……私の仕事ですから……！」

「でしたら、貴方を無事に部屋に送り届けるのも私の仕事です。ヴィンス様の婚約者として、苦しんでいるハリウェル様を放っておくわけにはまいりませんので」

「…………っ」

そこまで言われたら、ハリウェルも断れなかったのだろうか。

「お願いします……」と頭を下げるハリウェルに肩を貸しながら、ドロテアは彼の部屋へと足を運んだ。

「――あれは……ドロテアと、ハリウェル？」

その姿を、少し早めに帰城したヴィンスに見られていることに、ドロテアが気付くことはなかった。

「さっ、まずは横になりましょうか」

ハリウェルの部屋に着いてから、まずドロテアは彼に横になるよう指示した。

「申し訳無い」「ありがとうございます」と口にするハリウェルに気にしないでと言うように笑みを浮かべると、一言断りを入れて一旦退室する。

そして再び戻ってくると、水を張った桶と手拭いを、ハリウェルが横になっているベッドの隣にあるチェストの上へと置いた。

「熱があるかもしれませんから、まずは額を冷やしましょうか。もし食事が摂れそうなら、シェフに食べやすいものを作ってもらいますので、遠慮なく言ってくださいね」

「な、何から何まで申し訳ありません……っ」

そう言って起き上がろうとするハリウェルを、ドロテアは優しく手で制した。

「いいえ。先程も言いましたが、普段助けていただいているのは私の方ですから」

ポタポタと滴る手拭いを桶の上で絞ると、再び横になったハリウェルの額にそっと置く。

気持ち良いのだろうか。一瞬表情を緩めるハリウェルに、ドロテアは安堵の表情を浮かべた。

「良ければ着替えの場所も教えてくださいね。近くに置いておきますから」

「は、はい……！」

「それと、念のために明日は一日お休みしてください。太陽が昇れば体が回復することは知っていますが、ここ最近毎日私の護衛に付いてくれていましたもんね。良い機会ですからしっかり休んでください。これは命令です！」

ややキリッとした顔つきでそう言ったドロテアに、ハリウェルは「なんてお優しい……！　本当に、ありがとうございます……！」と言って感動の涙を浮かべている。

（ハリウェル様ってば、大袈裟なんだから……）

けれど、喜んでもらえるのは単純に嬉しいし、普段騎士として助けてくれているハリウェルの役に立てることなんて、これくらいしかないだろう。

せめて看病くらいは、とドロテアはハリウェルの着替えを用意したり、桶の中の水を新しいものに換えたりして、看病を続けた。

そんな時間がどれくらい続いただろう。窓の外を見れば、もうそろそろ完全に陽が沈む時間になっていた。

「ハリウェル様、お加減はどうですか？」

ドロテアはベッドサイドに戻ると、ハリウェルの額にある手拭いを交換しながら問いかけた。

「ドロテア様が看病してくださったので、大分マシになりました……！　……って、うおっ……」

「ハリウェル様！　急に起き上がったらいけませんったら……！」

またしても起き上がろうとするハリウェルに注意しつつ、空になったコップにドロテアは水を注いでいく。

それをハリウェルに手渡せば、彼はお礼を言ってそれを飲み干す。そして直後に口を開いた。

「本当に……ありがとうございます……！　ドロテア様には感謝しかありません」

「いえ。大したことはしていませんよ」

「そんなことはありません!!　ドロテア様は昔から、とても優しかったです。貴女様にこうやって看病されて、今直ぐ剣を振るえそうなくらい元気になりました！」

（昔……？）

まだ出会ってから日が浅いから、誰かと勘違いしているのだろうか。

（有り得るわね。熱が出ると、頭が上手く働かないこともあるもの。……何より、少しでも元気になったなら良かった）

そう自己完結をしたドロテアは、ハリウェルのベッドサイドに必要なものが揃っているかを確認してから、拝借していた椅子をもとの位置に戻す。それから、ハリウェルに向き直った。

「ハリウェル様、私が居てはゆっくりと休めないでしょうから、そろそろ失礼しますね」

事情があるにせよ、婚約者でもない異性の部屋で二人きりになるのは良くない。それに、おそらくもうヴィンスは城に帰って来ているだろう。

（以前、ディアナ様のところにはラビン様が看病に行っていたらしいから、ヴィンス様は今お一人で休んでいらっしゃるのかもしれないわ）

明日になれば元気になるとはいえ、体調が悪い時は心細いものだ。それに、出迎えもできていない。

だからドロテアは、ハリウェルが大丈夫そうならばヴィンスのもとに行きたいと、そう思っていたのだけれど。

「もう……行くのですか……？」

「……!?」

純白の耳をシュンっと下げた寂しそうなハリウェルにそんなことを言われたら。

「あっ、いや、今のは違います……！　その、つい！　申し訳ありません……！　陛下も既に帰城されていると思うので、是非陛下のところに――」

「では、もう少しだけ」

「えっ……？」

ドロテアは再び椅子をハリウェルのベッドの近くに移すと、ゆっくりと腰を下ろした。

「私で良ければ、もう少しだけお傍に居ますよ。体調が悪い時は、誰だって心細いですもの」

「……っ、何で、昔から、そんなに……」

ハリウェルを優先する――そのことで、ヴィンスに対して罪悪感がないわけではなかった。

ヴィンスの婚約者なのだから彼を優先するべきだと思うし、ドロテア自身もヴィンスが心配でならなかった。

（けれど、こんなに心細そうなハリウェル様を置いていけないわ）

会いに行くのが遅くなったら、ヴィンスは拗ねるだろうか。それともハリウェルのことを心配するだろうか。

はたまた、遅くなったことへの罰として、ドロテアに甘い意地悪をするのだろうか。

（……ヴィンス様）

何にせよ、ヴィンスはきっと本気で怒ったりしないだろう。体調が悪く、心細さを感じている人の傍に居るという判断をしたドロテアに、ヴィンスは本気で腹を立てたりするような人ではないから。

――そう、考えていたばっかりに。

「……ドロテア様」

この時のドロテアは、この自身の行動が、考えが、ハリウェルの壊れかかった枷を外すことになるなんて、思いもしなかった。

「え……」

――ゆっくりと上半身を起こしたハリウェルの手が自身の手を握り締めた直後、彼がこんなことを言うだなんて、ほんの少しも、思わなかったのだ。

「ドロテア様、好きです。私は貴女が、好きなんです」

「――っ!?」

ハリウェルの告白の言葉に、冗談でしょうなどとは言えなかった。

（ハリウェル様の性格的に、こんなことを冗談で言う方じゃない。この雰囲気は、人違いをしてい

るとも思えない。……それに）

ハリウェルの琥珀色の瞳に宿る熱も、吐息も、手の温度も、全てが発熱のせいではなく、彼の思いが溢れている故だということを、ドロテアは本能的に察してしまったから。

（ハリウェル様が私を好き……？　何で……っ、いつから……？）

いや、そんなことは考えても無意味だろうか。ハリウェルの気持ちを知らなかったドロテアに、そんなことが分かるはずはない。

それに、そもそもドロテアはヴィンスの婚約者だ。答えは一つしかないし、実際ハリウェルの告白には驚いているものの、心が揺れたわけではなかった。

（それなら、いっそのこと――）

今この瞬間、バッサリと断りを入れるのが最善なのではないかと、ドロテアはそう考えた、のだけれど。

「ドロテア様……まだ、思い出せませんか？」

「…………！」

そんなハリウェルの言葉に、ドロテアは過去の彼の発言に思いを馳せる。

『ずっと君に逢いたかった……!!　私の運命の人……！　結婚してください……!!』

『なんて優しい……！　やはり貴女は誰よりもお優しいお方です!!』

『ドロテア様は昔から、とても優しかったです』

ずっと逢いたかったと言った、彼の告白も。

違和感を覚えた、過去に出会っていると思われる発言も。

時折感じた、行き過ぎた忠誠心のような、それ以上の思いが込められた感情も。

（私とハリウェル様は過去に会っていて……護衛騎士だと紹介されたあの時の告白も、ラビン様が上手く誤魔化してくれただけで、本当は――）

ハリウェルはドロテアに好意を抱いている。それも、昔から。

そう結論を出すには十分過ぎるほど、思い当たることがあるというのに。

「申し訳ありません……その、昔お会いしたこと、覚えていないのです」

「……はい。再会した時の様子で、それは分かっていました。過去にお会いした時は、あの姿でしたから」

「あの姿って、まさか――」

ドロテアは勢いよく窓の外に視線を向けると、太陽が完全に沈んだことを確認し、再びハリウェルへと視線を戻す。

その瞬間、ドロテアの瞳に映った、純白の耳や尻尾が無くなったハリウェルの姿。

事前に用意してあったオイルランプの光に照らされているハリウェルの人化した姿に、ドロテアは口元を押さえた。

「……そうだわ……。ハリウェル様とは昔、サフィール王国の王城で一度だけお会いした――」

あれは、ハリウェルがまだ十一歳、ドロテアが十二歳——今から八年前のことである。

代々騎士の家系であるロワード公爵家の長男として生を受けたハリウェルは、騎士である父や他の騎士たちと共にサフィール王国の国境付近に来ていた。

その当時、ハリウェルは将来騎士になるために育てられていたので、遠征等にも半ば強制的に連れて行かれたのだ。もちろん、まだ幼いので前線で戦うことはなかったが、後方支援や現場の空気というものを学んでいた。

そんなある日、サフィール王国の国境で小競り合いが起こり、ハリウェルの父たちがそれを討った時のこと。

現サフィール王国国王は、ハリウェルの父たちの功績を大きく讃えて、祝勝パーティーを開いた。

友好国とはいえ、他国の騎士のために祝勝パーティーを開くなんてそうあることではなかったが、サフィール王国にとって、レザナード王国の騎士たちの働きとは、それほど大きなものだったのだ。

『……ハリウェル、お前は今日はこの部屋から出てきてはいけないよ。分かったね？』

夕方頃、サフィール王国の王城に到着し、父と二人で休むようにと与えられた部屋で、ハリウェルは父の言葉に頷いた。

『分かっています父上。今日は新月の日。私は人間の姿になってしまいますから、部屋で大人しくしていますね。それに、体も辛いから横になっています』

『ああ。サフィール国王陛下にお言葉を頂いたら直ぐに抜けてくるから、休んでいるんだよ』

『はい！』

できるだけ気丈に振る舞ってみせたハリウェルだったが、その言葉を最後に部屋を出ていった父の姿を見送ると、部屋に用意されているベッドに直ぐ様横になった。

『……っ、あたまが、いたいよぉ』

ハリウェルの狼の血は、彼の母親から受け継がれたもので、狸の獣人である父は新月の影響を受けない。

他の騎士たちは狼と新月の秘密を知らないいため、適当に理由をつけて部屋には入らないよう指示してあり、ひとりぼっちの部屋でハリウェルは涙を零した。

『うう、父上……っ』

人間になった姿を誰かに見られてはいけない。口酸っぱく言われてきたハリウェルは、そんなことよく分かっているし、父には心配をかけまいと寂しさを見せなかった。

『寂しい……っ』

けれど、ハリウェルはまだ十一歳の少年だ。

特に体調が悪い時は誰かに甘えたくなるのも不思議ではなかったし、熱に浮かされて冷静な判断ができないのもまた、おかしなことではなかった。

『誰か……っ』

ハリウェルはそう呟くと、重たい体を起こして、ベッドから降りる。

（誰でも良い……っ、寂しいよ、苦しいよ……っ、助けて……っ）

いつもなら傍に居てくれる母は居ない。父も直ぐには戻って来られない。知らない土地、知らない部屋。苦しい体に、募る寂しさ。

ハリウェルに我慢の限界が訪れ、縋るように扉を開ける。

――すると、その時だった。

『……！　だ、大丈夫ですか!?　お顔が真っ赤ですが……もしや熱が……!?』

家族に売れ残りだと言われ、王城に行儀見習いに来ていたドロテアと出会ったのは。

「あの少年が……ハリウェル様だったのですね」

あの時のハリウェルのことはよく覚えている。

辛そうな彼に肩を貸して部屋のベッドに寝かしつけたことも。

その時、貴族の身なりをしたハリウェルに医者を呼ばないでと言われ、何かしら事情があるのだろうと察したドロテアができるだけ彼を看病したことも。

寂しい寂しいと口にするハリウェルの手を握って、彼が眠りにつくまで傍に居たことも。

「そうです。改めて、お久しぶりです、ドロテア様……」

「……っ、ハリウェル様……その、本当に申し訳ありませんでした。私……すっかり忘れていて……」

八年前、名前を聞かれて答えた覚えがある。きっとハリウェルはドロテアの顔だけでなく、名前もはっきりと覚えていたに違いない。

再会した時のことを思い出し、ドロテアはそう確信を持った。

ドロテアが深く頭を下げると、ハリウェルは「顔を上げてください」と口にする。その指示に従えば、彼の表情はスッキリしているようにドロテアには窺えた。

「謝らないでください。八年前に一度会っただけです、忘れていても不思議ではありません。それに、あの頃のドロテア様が狼と月の関係を、人間の姿をしていた私が実は獣人だと知る術はないのです。再会したからといって、直ぐに思い出せるはずがありませんよ」

「それは……」

「それに、今思い出してくれたならそれだけで私は嬉しいです」

ハリウェルはそう言うと、ドロテアの手をぎゅっと握り締めた。

「……っ」

酷く熱い、ゴツゴツとしたハリウェルの手。

同じ男の人でもヴィンスとは少し違って、ドロテアは咄嗟に引こうとした。けれど、より強く握られてしまえば逃げることは叶わなくて、ドロテアは困惑を瞳にたたえてハリウェルを見つめた。

「八年前……ドロテア様はこうやって手を握って、大丈夫ですかって何度も声を掛けてくれました」

「……っ、ハリウェル様……」

「医者を呼ばないでという私の我儘にも詮索しないでいてくれて……。けれど放っておけないからと、献身的に看病してくれて……。心細くて、体調も悪かった私には、ドロテア様がまるで女神様のように思えたんです」

「女神様、って、そんな……っ」

ドロテアからすれば、そんな大したことをした覚えはなかった。

苦しんでいる人を当たり前のように助けただけ。訳がありそうだったので、自分で看病しただけのこと。

ドロテアにとってそれは、過度に感謝されるようなことではなかった、のだけれど。

「あの時の、当たり前のように助けてくれるドロテア様の姿に、私が眠りにつくまで手を握ってくれるような心優しい貴女に、私は、心を奪われました」

「……っ」

目尻を下げて微笑むハリウェルに、ドロテアはぎゅっと胸が締め付けられた。

「私はあの時からずっと、ドロテア様のことが好きだったんです。……だから、いつか貴女に会えたときに誇れる自分でいようと、立派な騎士になるために必死に修行をしました。そうしたら……貴女に再会した。陛下の婚約者を紹介するとは聞いていたのに、それを忘れてしまうくらいに、ドロテア様に会えたことを……運命だと思ってしまいました」

だから、ハリウェルは再会した途端に求婚をしたのだという。

ラビンがうまく誤魔化してくれたのでその場は事なきを得たのだが、ヴィンスにはドロテアと出会った時のこと、彼女に惚れていることを話したのだとハリウェルは語る。

「……誰しも、自分の婚約者を好いているような相手が常に傍に居ることは望みません。私は陛下に、専属騎士を降りることを進言したのですが、私が『名誉騎士』であることと、私の腕や陛下への忠誠心を信じて……そのまま任命してくださいました。そんな陛下の恩に報いるためにも、この思いを伝えてはいけないのだと、分かっていたのに……」

ハリウェルはドロテアから手を離すと、俯いて自身の顔を手で覆った。

「あの日と同じように……優しく看病をしてくれるドロテア様を見て、思いが溢れてしまいました……っ、どうしても、ドロテア様に好きだと、伝えたくなったんです」

「…………ハリウェル様、私は……」

好意を向けられること自体は、純粋に嬉しい。

けれど、ヴィンスを好きだと自覚した今、ハリウェルの気持ちにはどうやっても応えられない。

人の好意に応えられないことは、心が抉られる程に切ないものなのだと、ドロテアはこの時初めて知った。

（けれど、きちんと断らなきゃいけない）

ドロテアは眉毛をこの上なく下げて、申し訳無さそうに口を開こうとしたのだけれど、先に話しだしたのはハリウェルだった。

「……申し訳ありません、ドロテア様を困らせるだけだと分かっていたのに、思いを伝えて」

ドロテアはブンブンと首を横に振る。思いに応えられないのは事実だけれど、決してハリウェルが謝るようなことではないと思っていたから。

「ドロテア様の気持ちは分かっているつもりです。陛下との仲を無理矢理裂こうだなんて考えてもいません。ただ、一つだけ聞きたいことがあるんですが……構いませんか……？」

「……はい」

額に粒状の汗を浮かべるハリウェルは、泣きそうな顔で言った。

「ドロテア様は陛下に見初められて、半ば強制的に婚約者になったのだと聞きました」

「…………はい」

「それに、ドロテア様に結婚願望があったことも」

「……そう、ですね」

それほど月日は経っていないというのに、改めて言われると遠い昔のことのように思える。

ヴィンスに見初められた時のことを思い出したドロテアは、その時の光景を頭の隅に追いやって、引き続きハリウェルの言葉に耳を傾けた。

「もし……もしも――」

「はい」

「私が陛下よりも先にドロテア様と再会していたら……私が先に求婚していたら、私のことを好きになる可能性はありましたか……？」

「…………！」

縋るような声で紡がれたハリウェルの質問に、ドロテアは直ぐに答えを出すことはできなかった。

ハリウェルからの予期せぬ告白に思考が重たくなっていたことと、ヴィンス以外の人を好きになる可能性なんて、今まで一度も考えたことがなかったから。

「…………」

沈黙が二人を包む。ドロテアは頭がぐちゃぐちゃで何も考えられず、けれど答えなければという焦りで余計に思考が働かなくなっていった。

「申し訳ありませんドロテア様！　最後まで困らせるようなことを聞いてしまって！　忘れてください……！」

そんなドロテアの心情を察したのか、ハリウェルは溌剌《はつらつ》とした声を上げた。

「……っ、ハリウェル様……」

「それに、陛下が待っておいでのはずです！　私はもう大丈夫ですから、ドロテア様はどうか、陛下のところに」

そんな声とは相対して、必死に貼り付けたようなハリウェルの笑顔。

不自然なほどに口角を上げたそれはドロテアに心配をかけないよう、これ以上困らせないよう、必死に作った笑顔であるということくらい、想像するのは容易かった。

「お大事に、なさってくださいね……」

そんなハリウェルに気遣いに対して、今できることはなんだろう。そう考えたドロテアは、今は彼を一人にしてあげるべきなのかもしれないと思い、そう告げると彼の部屋を後にした。

直後、罪悪感に押しつぶされそうな顔で「私は最低だ……っ」と呟いたハリウェルの声は、一人きりの部屋でやけに響いた。

第二十三話　赤い華が咲いた夜

――バタン！

いつもなら考えられないくらい勢いよく自室に入り、力強く扉を閉めたドロテアは、その場に座り込んだ。

「結局断れなかった……それに、最後の質問にもしっかりと答えられなかった……何をしているの、私は……」

一人きりになった部屋。落ち着いた環境のはずなのに考えがまとまらない。

ぐるぐるとハリウェルのことばかりが頭の中を回る中、ドロテアは浅い息を吐いた。

――コンコン。

「…………！」

続き部屋になっている扉の方から聞こえるノックの音に、ドロテアの体は大きく揺れた。

「ドロテア、何かあったのか」

「……っ」

おそらく強く扉を閉めたため、その音がヴィンスに聞こえたのだろう。扉には特殊な加工がされているとはいっても、大きな音は普通に聞こえるためだ。

だから、何かあったのかとヴィンスは心配で声をかけてくれたのだろう。

（ヴィンス様、今は体がお辛いはずなのに……っ）

ヴィンスのことは心配だ。先程までは早く会いたいと思っていたし、体調が悪い彼を支えてあげられたらと本気で思っていた。

けれど、今は会うのが気まずかった。

ハリウェルに思いの丈をぶつけられた今、どんな顔をしてヴィンスに会えば良いのか分からなかったから。

「……ドロテア」

――だというのに。

「……少しで良いから顔を見せてくれないか。心配なんだ」

自分が辛い時でも相手を心配するような、そんな優しいヴィンスに、ドロテアは堪らず立ち上がった。

（……ヴィンス様は、優し過ぎる）

気まずさは直ぐには消えない。会ったって、おかしな態度を取ってしまうかもしれない。……けれど。

「ヴィンス様、大きな音を立てて申し訳ありません。……あの、少しだけお部屋にお邪魔しても良いですか……？　今体調が悪いのは重々承知しておりますが……私も、お顔が見たいです」

続き部屋の扉の前まで行くと、ドロテアはそう言いながら鍵を開ける。

できるだけ穏やかに微笑んで扉を開け、人化したヴィンスと視線が絡み合った、その時だった。

「きゃ……っ、ヴィンス様……!?」

いきなり抱き締められて、ドロテアからは上擦った声が漏れた。

「その顔……何があった」

「……っ、ご心配をおかけして、申し訳ありません……」

表情は取り繕ったつもりでいたけれど、やはりヴィンスには直ぐにバレてしまうらしい。

ヴィンスのいつもよりも熱い吐息を肩口に感じたドロテアは、彼を支えるように背中に手を回した。

「……何もない、とは言わないところを見ると、やはり何かあったんだな」

「……っ」

「無言は肯定と取るぞ、ドロテア」

「そ、れは」

一瞬何もないと言おうかと思ったドロテアだったが、それをしなかったのは聡いヴィンスには嘘なんてバレてしまうと思ったからなのと、単純に彼に嘘をつきたくなかったからだ。

（それに……）

今、敢えてハリウェルのことを話す必要はないのかもしれないが、こういうことは黙っていれば黙っているほど話がこじれるのは想像に容易い。

ドロテアは改めてヴィンスの優しさに触れたことで、気まずくても彼に正直に事の顚末を話すことを決めたのである。

「ヴィンス様、少し話したいことがあるのですが、聞いていただけますか……？」

「……ああ」

「ありがとうございます。それじゃあ、まずは――」

その瞬間、少し緩んだヴィンスの手。ドロテアはそんなヴィンスの手を摑むと、ベッドの方へとゆっくりと歩き出した。

「ドロテア……？」

「ヴィンス様、今熱がありますよね。まずは横になってください。……それから、お話しします」

「……何だ。ドロテアがベッドに誘うから何か良いことでもあるんじゃないかと思ったんだがな」

「はい……!?　いっ、良いことって、何を言ってるんですか……！」

突然からかってくるヴィンスに驚きながらも、そのおかげで何だか空気が和らいだ気がする。

（ヴィンス様ったら……）

それもヴィンスの計算のうちなのだろう。ドロテアが話しやすいように、気を遣ってくれたに違いない。

「ありがとうございます、ヴィンス様」

「…………ドロテア、礼は良いから早くこっちに座れ」

少し照れたような表情のヴィンスは、右手でベッドをポンポンと叩く。

「……えっ。そ、そこに座れという意味、ですか？」

念のために問いかければ、当たり前だと言わんばかりのヴィンスの表情にドロテアの頬は赤く染まる。

婚約者とはいえ、自らの意思で彼のベッドに腰を下ろすのはかなり恥ずかしかったからだ。

「ああ。せっかく婚約者になったんだ。これくらいなら、良いだろう？」

「〜〜っ」

だというのにわざとなのか。少し首を傾げてそんなことを言うヴィンスに、ドロテアは簡単に白旗を上げた。

ドロテアはベッドに腰を下ろし、体を少し捻って横になるヴィンスを羞恥に染まった瞳で見下ろす。

すると、ヴィンスはやや嬉しそうに微笑んでから、真面目な表情に戻して早速本題を切り出した。

「――で、ハリウェルと何があったんだ」

「……!?　何故ハリウェル様と何かあったと分かったのですか……っ？」

「帰城して城に入った時、遠目にハリウェルに肩を貸すドロテアの姿が見えた。新月だからあいつの体調を気遣ってのことだろうと思ったこと、それと俺も早く部屋に戻らなければいけないことで後を追わなかった。……だから、何かあったならハリウェルだろうと思った」

その時のヴィンスの声は、探り探りというよりは既に確信を持っているようにドロテアは感じた。

「――ハリウェルに、告白でもされたか？」

先程ハリウェルはドロテアへの思いについてヴィンスには話してあると言っていたので、おそらくヴィンスも勘付いているのだろう。

いつもよりやや低いヴィンスの声に、ドロテアの心臓はドクドクと激しい音を立てた。

「……っ、はい、そのとおりです。ハリウェル様の気持ちや私とあのお方が過去に会っていること、それらをヴィンス様がご存じだということも聞きました」

「……それで、ドロテアは思い出したのか？」

「はい。人間のお姿のハリウェル様を見て、話も聞いて、きちんと思い出しました」

「…………そうか」

互いに事実確認して、状況を整理したまでは良かったものの、その後は口を閉ざしたヴィンス。

ドロテアは話せたことで少し冷静さを取り戻せたのは良かったのだが、彼の声のピリつきや力強く握り締められた拳、表情から不機嫌さを察してしまい、どう話しかけたら良いものか分からなかった。

(ヴィンス様、あまり表には出していないけれど、そりゃあ良い気持ちなはずがないものね……)

ヴィンスの性格どうこうは置いておくとして、自分の婚約者が他の人──信頼していた家臣に告白されたと聞いて、何も思わないなんてことはないだろう。

(あら？　……けれどヴィンス様は、ハリウェル様の気持ちはご存じのはず。それなら何故、そのまま専属護衛騎士として起用したのかしら)

本当に嫌なら『名誉騎士』じゃないと専属護衛騎士になれないという決まりを変えてしまえば良い。

時間はかかるかもしれないが、ヴィンスなら、それは不可能ではないはずだ。

(じゃあ、何で……？)

ハリウェルの腕を買った、ハリウェルの忠誠心を信じた。もしくは、ドロテアに疑念を抱かせないためだとか、王として制度を優先するべきと考えただとか、思い当たることはいくつもあるが、果たしてそれだけなのだろうか。

(分からない、けれど……)

沈黙したままのヴィンスに、ドロテアはゆっくりと口を開く。

ヴィンスの考えを聞きたいと──いや、知らなければいけないと、思ったから。

「ヴィンス様は……どうしてハリウェル様が専属護衛騎士になることをお許しになったのですか……？」

ドロテアの問いかけに、ヴィンスは直ぐに答えることはしなかった。

けれど、真っ直ぐな眼差しを向けたままのドロテアを見て、答えなければ引かないと感じたのか、ヴィンスは唇を震わせた。

「……俺もディアナもハリウェルも、幼少期から新月の日の夜は必ず部屋に籠もっていた。人間の姿になることが民に知れたら、不安を煽るかもしれないからだ。それは、国の安定をも揺るがすことになりかねない」

「はい」

「そう教えられてきたから、俺たちは月に一度、部屋の外に出られない夜があることに大して不満はなかった。……ただ」

目を伏せ気味にしているからだろうか。ヴィンスの睫毛が頬に影を作る。

その美しさに見惚れそうになりながら、ドロテアはしっかりと耳を傾けた。

「体は怠かったし、辛かったな。人化することを知る人間は少なかったから、一人の時間は心細かった。……陽が昇ったら必ず元の姿に戻るのかが不安で、眠れなかった日もある」

「……っ」

獣人に戻れなかったら、ずっと部屋から出られないのか。そんな不安に駆られるのは、何らおかしなことではないだろう。

（私……そこまで、考えが至っていなかったわ）

ヴィンスの話に、ドロテアは内心で猛省した。

人化することを軽く考えたつもりはなかったが、少なくともハリウェルを助けた時のことに関しては、自身にとっては大したことではないという認識だったから。

けれど、ハリウェルの立場からすればどうだっただろう。

不安で苦しくて仕方がなかった時、もし誰かが傍にいてくれたら。自身が、ハリウェルの立場だったら。

「私、ハリウェル様のお立場で、八年前のことを考えられていませんでした。何故あの程度のことでそんなになって思ってしまっていて……最低です」

「人化した時の不安なんて、なった者にしか分からないのが普通だ。……告白までされて動揺していたんだから、なおさら。なのに、今ドロテアは相手の立場になってしっかりと考えているんだろう？　……良い子だな」

「ヴィンス様……」

ヴィンスがそっと伸ばした手が、ドロテアの緩いウェーブ状の髪の毛を優しく梳く。

それから、ヴィンスは悲しげに苦笑を漏らした。

「とはいえ、狼の獣人の俺にはハリウェルの気持ちは痛いほど分かった。……人化した時に傍で寄り添ってくれたドロテアに惚れたのもな」

「………………」

ドロテアが小さく頷くと、ヴィンスがゆっくりと体を起こす。

ドロテアが支えようとすると、ヴィンスはそんなドロテアの手を握り締めて「質問に答えないとな」と囁いた。

「王の権限でハリウェルを専属護衛騎士から外すことは必ずしも不可能じゃなかった。だが俺は、ドロテアに誇れる自分になれるよう騎士道を必死に歩んできたハリウェルの気持ちや、これまでの人生を……尊重してやりたかったのかもしれない」

他者の耳と尻尾を触るなと言うくらいには、ヴィンスは嫉妬深い性格だ。

だからきっと、ハリウェルがドロテアの護衛騎士でいるのを、傍に居ることを嫌だと思ったことだろう。

それでもヴィンスは、ハリウェルのこれまでの努力を知っているからこそ、自身が我慢する方を選んだ。

それを知ったドロテアは、苦しいくらいに胸がギュッと締め付けられた。

「ヴィンス様は、優し過ぎます……っ」

「……優しくなんてない。本当に優しい男なら今、こんなに醜く嫉妬したりしない」

「――えっ」

刹那、ヴィンスは摑んだドロテアの手を引くと、自身の胸元へと彼女を誘う。

片手はドロテアの華奢な背中を、もう片方は細い腰を引き寄せるように強く抱き締めれば、ドロテアは本日二度目の抱擁に喉をひゅっと鳴らした。

首筋に顔を埋められ、熱い吐息がドロテアを襲う。それだけでも一杯一杯だったというのに。

「ヴィ、ヴィンス様……っ、何を……んんっ」

ぬるりとした舌が這った感触を得たドロテアは、自身の口から漏れてしまった扇情的な声にも、言い知れぬ羞恥の情に駆られた。

「ヴィンスさま、やめ……っ」

静止の声は届かず、ヴィンスはドロテアの首筋に舌を這わせ続ける。

温度も、感触も、水音も、その全てがドロテアの羞恥心を煽るようで堪らず目をぎゅっと瞑ると、その時だった。

「っ……！」

一瞬舌を感じなくなったので安堵したのも束の間、首筋に感じたチクリとした痛みにドロテアは表情を歪めた。

「なっ、何ですか、今の……っ」

針を刺されたのとも違う、かといって切り傷を負ったのとも違う痛み。

ドロテアの咄嗟の疑問の声に、ようやくヴィンスは首筋から顔を離した。そして余裕のない瞳でドロテアを見つめると、背中に回していた方の手で彼女の首筋をツゥ……と撫でた。

「ああ、綺麗についたな」

「つい、た……？」

「……ドロテアは俺のものだという証だ」

「……!?」

（それってまさか、キスマーク……!?）

夜の営み、それに関する本を読んだことがあり、キスマークに対する知識があったドロテアは、ヴィンスの言い方と痛みによって確信を得た。

「なっ、なっ、なっ……！」

いくらヴィンスが婚約者とはいえ、未婚の自分にはまだ早いだろうと考えていたキスマークを突然つけられたドロテアは、分かりやすく狼狽してしまう。

（キスマークって、あのキスマークよね!?　本当に赤くなっているのかしら……って、いや、今はそこじゃなくて！）

考えが顔に出てしまっているドロテア。

そんな彼女に対して、ヴィンスは熱を帯びた眼差しのまま、吐息交じりの声で囁いた。

「ハリウェルを尊重してやりたいなんて言いながら――嫉妬と独占欲に駆られてこんなことをするくらい……お前が好きなんだ、ドロテア」

「……っ」

キスマークに対する興味関心を削がれてしまうくらいの囁きに、ドロテアは胸がいっぱいになる。

「ハリウェルには、何て答えたんだ」

「……気持ちには応えられないと言おうとしたのですが……まだ言葉で伝えられていなくて……」

「――それなら、俺のことは？　俺のことはどう思ってるんだ」

というのに、縋るような声でそんなふうに言われたら、そんなの。

「私はヴィンス様が――」

けれど、ドロテアから次の言葉が出ることはなかった。

ハリウェルの最後の質問が頭に過ったことと、実家が没落することでこのままヴィンスの婚約者でいても良いのかと不安に思ったことで、上手く言葉が出てこなかったのだ。

「ヴィンス、さま、が……」

それでもなお、ドロテアは自分の気持ちを言葉にしようと試みたのだけれど、胸を渦巻く懸念のせいで言葉が吐き出されることはなかった。

「えっ!?　ヴィンス様……っ!?」

その時、突然自身の胸元にボスンと顔を埋めたヴィンスの息が先程よりも確実に荒くなっていることにドロテアは気付いた。肩で息をしていて、状態が悪化しているのは明らかだ。

新月の夜にどれくらい体が辛いかは毎回マチマチのようなので、おそらく今回はかなり重たい方なのだろう。

「ヴィンス様！　話はまた明日以降にして、今は一旦休んでください……！」

「…………っ」

その言葉を最後に、ドロテアはヴィンスを再びベッドに寝かせると、急いでハリウェルを看病した時と同じように準備を済ませる。

それからヴィンスが眠るまでは傍に居ようと、またベッドに腰を下ろすと、絞ったばかりの手拭いを彼の額へと優しく置いた。

「ヴィンス様……お辛いですよね……もし眠れそうなら、私のことは気になさらずいつでも寝てくださいね」

そう声をかけると、シーツを這うように伸びてくるヴィンスの手。

「……っ、ドロ、テア」

「はい。ここに居ます。ずっと居ますからね」

ヴィンスの手とは反対に、水を扱っていたドロテアの手はひんやりと冷たい。

その手に握りしめられたことがよほど気持ち良かったのか、または安心したのか、スッと眠りについたヴィンスにドロテアは胸を撫で下ろした。

「……ちゃんと、考えないと」

ハリウェルの質問に、平民になった自分の身の振り方。

それらに悩みながら、ドロテアは空いている方の手で自身の首筋にある赤い華を愛おしそうに撫であげた。

第二十四話　家族たちは今

次の日、ドロテアは普段よりもゆっくりとした朝を迎えていた。無情なほどに部屋に射し込む朝日が今日は辛い。

(全然眠れなかったわ……)

眠りに落ちたのは、ヴィンスの部屋から自室に戻ってからしばらく――というか、朝日が昇り始めた頃だっただろうか。

『私が陛下よりも先にドロテア様に再会していたら……私が先に求婚していたら、私のことを好きになる可能性はありましたか……?』

そんなハリウェルの質問の答えと、平民になる自分がこのままヴィンスの婚約者でいても良いのかという二つの悩みがぐるぐると頭を回っていて、全然眠りにつけなかったのだ。

(……ああ、だめ、寝不足も相まって余計に考えられない)

ドロテアは一旦思考を放棄すると、朝の支度の準備をしてくれていたナッツにお礼を言ってから、まずは顔を洗ってしっかりと覚醒した。

それから、今日は「どのお召し物になさいますか？」と尋ねられたので、ヴィンスの仕事を補佐するためにドロテアは反射的にお仕着せを選んだ。

（ハリウェル様は今日一日休んでもらっているから顔を合わすことはないかもしれないけれど、ヴィンス様は普通に働いているはず……とすると）

ドロテアはヴィンスに罪悪感を覚えていたので、会うのは少し気まずかった。

というのも、あんなに嫉妬と独占欲と愛情を剝き出しにして告白してくれたヴィンスに対して、ドロテアは何も答えられなかったからである。

（ああ、情けない……しっかりしなさい、私！　少なくとも、お仕事くらいはお役に立たなければ）

そう決めたドロテアは、既に朝食の準備をしてあるテーブルにつく。

すると、ナッツは紅茶を淹れ終えてから、ドロテアへと声をかけた。

「ドロテア様！　昨夜は食事をとられていませんから、朝食はもりもり食べましょうね！　シェフにお願いして、ドロテア様がだーいすきな、とろとろチーズ入りオムレツを作ってもらいましたから!!」

「ナッツ……」

（ああ、昨夜と今朝の態度で、きっと心配をかけてしまったのね）

眉尻をこれでもかと下げていることに加えて、普段より控えめに揺れるナッツの尻尾。そんな彼女に申し訳無さと感謝で胸が一杯になった。

「貴女って子は……ありがとう。昨夜の分まで食べて、元気を出さないとね！」

「はい……！　大好きなドロテア様が元気だと、私もとっても嬉しいですっ！」

「ナッツ……！　もう、ナッツ……!!」

ナッツの健気さが可愛過ぎて、ドロテアは咄嗟に口元を手で押さえて感動に浸りそうになる。

（……っと、いけないいけないいけない！　せっかくシェフがわざわざ作ってくれたんだもの。温かいうちにいただきましょう）

きっとその方が、シェフだけじゃなくナッツも喜ぶ。決して空腹だったわけではないのに、ナッツの優しさが嬉しくて、ドロテアはぺろりと朝食を完食すると、食後の紅茶もゴクゴクと飲み干した。

「美味しかったぁ……」

気持ちも胃も満たされたドロテアは、ホッと息をつく。

すると、嬉しそうに頬に笑みをたたえたナッツはテーブルから空になった皿を下げると、ドロテアの至近距離までジリジリと詰め寄ったのだった。

そんなナッツの行動に、ドロテアは「な、ナッツ？　どうしたの？」と、やや訝しげな表情を見せた。

「ドロテア様……！　すみません……！　えいっ！」

「……!?」

——突然のことで、ドロテアは何が起こったのか分からなかった。

至近距離に居たナッツが背中を向けた瞬間、顔面全体がふわふわとした何かで覆われたからである。

（え、まさか、これ……？）

視界がそれに遮られた中、ドロテアは恐る恐るそれに手を伸ばした。

もふもふ、もふもふ、もふもふ。

（も、もしかして、これは……！）

ヴィンスの尻尾とは少し違う毛並み。けれど、ぬいぐるみとは違う本物の毛の感触。

この部屋にドロテア以外はナッツしかおらず、その彼女が先程至近距離で背中を向けた——つまり。

「……これはナッツの尻尾……!!　もふもふもふもふ」

ずっと触りたかったナッツの尻尾を手のひらで、手の甲で、そして指先で、何と顔面でも感じることができたドロテアは、興奮冷めやらぬ様子で素早くもふもふしていく。

「ドロテア様、いつも大変尻尾を触りたそうにしていらっしゃるので……触ったらより元気になってくださるかと……あっ、けれどこれは、偶然ですよ!!　私が振り向いたら、ついうっかりドロテア様に尻尾が触れてしまっただけで……!!」

「ナッツ、本当にありがとう……！　そうよね、これは偶然……偶然だもの……もふもふもふもふ……ハァ、可愛い～」

それからドロテアは、ナッツの尻尾をもふもふし続けた。

これはナッツのご厚意……ではなく、偶然の産物で、ヴィンスとの約束を破ったわけではないと自身に言い聞かせながら。

ナッツのもふもふをタイムが終わると、ドロテアは再び紅茶を口にして心を落ち着かせた。

（本当に幸せな時間だったわ……ヴィンス様とはまた違った手触り……そしてお日様の匂い……ああ、また偶然が訪れないかしら……）

ドロテアがそんなことを思っていると、部屋を訪ねてきた使用人から何か届け物を預かったナッツに「ドロテア様」と呼ばれて、ティーカップをソーサーへと戻した。

「どうしたの？」

「ドロテア様宛てにお手紙です、どうぞ！」

「ありがとう、ナッツ」

手紙を受け取れば、その送り主がロレンヌであることを確認してから封を開ける。

「これ、は……」

そして最後まで手紙を読めば、ドロテアはガタン！　と椅子の音を鳴らしてしまうくらいに、勢い良く立ち上がった。

「ナッツ、もふもふも紅茶も諸々ありがとう。少し用事ができたから、私行くわね」

「は、はい！　行ってらっしゃいませ、ドロテア様っ！」

バタンと扉が閉まる音と同時に、ドロテアはヴィンスの執務室へと向かう。

（この手紙の内容は……っ、ヴィンス様、何で……っ）

困惑のせいだろうか。手紙を握り締めるドロテアの右手には力が入った。ただそれを気にする余裕は、今のドロテアにはなかった。


執務室に到着した後。早く手紙のことをヴィンスに聞きたいという気持ちを一旦抑えて、ドロテアは直ぐ様ヴィンスの補佐へと入った。

そして仕事が落ち着いた頃、ヴィンスに話があると言ってドロテアは自ら彼の手を取る。珍しがるヴィンスに「とりあえず行きましょう！」と声をかけつつ、とにかく早く個室に入りたかったドロテアは、書庫へと足を踏み入れた。

書庫には既に何人かの文官がいた。ドロテアは二人きりになるべく、書庫の奥にある個人用の読書スペースへと向かい、扉を閉めてからヴィンスと向き合う。

「――それで、二人で話したいこととは何だ、ドロテア。いきなり書庫の奥まで連れてきて、そんなに俺と二人きりになりたかったのか？」

「…………っ」

ドロテアはいつの間にやら壁際に追い込まれ、ヴィンスのたくましい両腕によって逃げ道も塞がれてしまう。

背中にはひんやりとした壁、鼻を掠めるのは本特有のインクの匂い、目の前には狼特有の金色の瞳に、ニヤリと上がった口角。壁一枚隔てたところには文官たちが居るというのに、どうしてこんな体勢になっているのだろう。

背徳感のような感覚がドロテアを襲う。今でさえ冷静さを保つのに躍起になっているというのに、ヴィンスはそれだけでは止まらなかった。

「ああ、そうか。昨日の返事を聞かせてくれるのか？」

耳に顔を寄せ、そう囁くヴィンスに、ドロテアの顔はぶわりと赤くなった。

ヴィンスが言う返事とは、彼が告白してくれたことに対してだということは手に取るように分かったのだが、如何せん今二人きりになりたかった理由はそれではないので、ドロテアは必死に首を横に振った。

「……何だ、違うのか。それじゃあ、どうした？　何かあったんだろう？」

ドロテアの雰囲気から、意地悪をするのはやめようと思ったのか、ヴィンスはドロテアの真ん前から横に移動すると、背中を壁に預けた。

（よ、良かった……緊張したわ……）

荒くなった呼吸を整えたところで、ドロテアは封筒をヴィンスに見せながら話の口火を切った。

「今朝、ロレンヌ様から手紙が届いたのです」

「！　夫人から？　……それで？」

「手紙には、現在私の家族がどうなっているかと、そうなった経緯が書かれていました」

「…………」

ヴィンスは一瞬口を閉ざすと、「夫人め……」とポツリと呟いた。

聡いヴィンスは、ドロテアの様子や、ロレンヌからの手紙が届いたという事実から、大方のことが予想できたのだろう。

ドロテアはもう一度便箋を取り出してそこに目を通すと、切なげな目でヴィンスを見つめた。

「……家族たちは今、ロレンヌ様——ライラック公爵家が保有している土地の一部で暮らしているようです。古いけれど生活するには困らない家と、数ヶ月分のお金を手にして。家のすぐ近くにはミレオンという野菜を扱う広大な畑があり、そこの農家さんの手伝いをしながら、毎日働かせてもらっていて……働きによっては正規雇用してもらい、今後生活に困らないようになる、と」

ドロテアはそれだけ言うと、手紙を片手にヴィンスの目の前へと移動する。

それからそっと空いている方の手を伸ばすと、ヴィンスの手をぎゅっと包み込んで、彼の顔を見上げた。

「ヴィンス様が、手を回してくださったんですね」

「……………」

「減刑の手続きも、家族が再出発できるように手筈を整えてくれたのも、ヴィンス様が全て……なさってくれたのですね……っ」

ロレンヌからの手紙には、その他にも色々なことが書かれていた。

まず一つ目は、ドロテアの家族がサフィール王国でやり直すために、住む家や働き口などを提供するのに協力してほしいと、ヴィンスが頭を下げに来たこと。

「シェリーは、ヴィンス様やディアナ様にあんなに酷いことを言ったのに……どうして、ロレンヌ様に頭を下げてまで……」

ヴィンスもディアナも、小娘の戯言に本気で怒るような器ではない。だから、シェリーに対して過度な刑罰は求めないだろうとは思っていた。

けれど、減刑の手続きを済ませ、ロレンヌに頭を下げてまで家族の再出発を整えてくれるなんて誰が想像できただろう。

（ま、さか……）

思考を働かせると、ハッとしたドロテアは一瞬目を見開く。

そんなドロテアに対して、ヴィンスは彼女の手に包み込まれている自身の手に、空いている方の手を重ね合わせた。

「前にも言ったが、俺やディアナはお前の妹に何を言われても気にしない。ただ、俺はドロテアに辛い思いをさせてきたお前の家族が、正直憎かった」

「……はい」

「…………だが、建国祭の時、ドロテアの家族は謝罪を口にした。俺は一度の謝罪で全てを許せるような聖人ではないが――少なくとも、ドロテアの心には響いていると思った。ドロテアは家族に反省を求め、しっかりと自分たちで生きていってほしいと願っていると、俺は勝手にそう解釈した。だから――……」

そう話すヴィンスに、ドロテアは鼻の奥にツンとした刺激を覚えた。

込み上げてくる涙を必死にこらえながら、ドロテアは手紙にある二つ目の疑問を口にする。

「それなら……家族の再興のためにヴィンス様が関わったことは内緒にして、全てロレンヌ様の慈悲深さゆえの行動ということにしてほしいと言ったのは、どうしてなのですか……？」

ヴィンスの行動に後ろ暗いことなんて何一つない。むしろ、全てはドロテアを思っての行動だというのに、どうして隠そうとしていたのだろう。

（…………もしかして）

先程の彼の勝手にという言葉を思い出したドロテアの頭を、とある予想が過る。

ヴィンスの言いづらそうにしている表情を視界に収めながら、ドロテアは口を開いた。

「私がこれ以上、家族のことで罪悪感を覚えないようにですか？」

「…………」

「ヴィンス様、そう、ですよね？」

確信を持ったように問いかければ、ヴィンスは「聡明なのも考えものだな」と言って苦笑を零した。

（やっぱり、そうだったのね……）

シェリーがヴィンスやディアナに暴言を吐いたことで、ドロテアの中には彼らに対する申し訳無いという気持ちがあった。たとえシェリーが謝罪し、ヴィンスたちが気にしていなくともだ。

そんな中で、ヴィンスが家族のために動いてくれたのだと知ったら、ドロテアはより一層罪悪感に襲われるのかもしれない。——きっとヴィンスはそう考えて、ロレンヌに隠すよう言ったのだろう。

「……それに、俺がやったことなんてたかが知れている。家はきちんと手入れしなければすぐに駄目になるし、金は散財すれば一ヶ月も持たずに空になり、農家は厳しいと有名なところで、真面目にやらないとすぐにクビになるだろう。……これしきのことでドロテアが罪悪感を背負うのは、俺の望むところではなかっただけだ」

そう語るヴィンスは、本当に大したことをしていないと思っているように見える。いや、そう見せているのだろうとドロテアには分かってしまった。

（いきなり平民になったシェリーたちにとって、ヴィンス様がしてくれたことはいくら感謝しても足りないようなこと。……このお方が、それを分からないはずがないもの）

先程の勝手にという発言も然り、今のだって、きっとドロテアを思っての言葉なのだろう。

（このお方は、なんて――）

ヴィンスの深い愛情を改めて知ったドロテアは、心の中にあった二つの悩みが面白いくらいにパンッと弾けた。

「――それにしても、夫人には秘密にしておいてくれと頼んだんだがな。まさかこんなにあっさりバラされるとは」

嫌悪感は一切なく、不思議そうに言うヴィンスに、ドロテアは手紙の内容を思い返した。

「ロレンヌ様からのお手紙には、夫婦になるなら必要な秘密と、必要のない秘密があると書いてありました。それでいくと、今回のことは秘密にする必要はないと判断した、と」

「ほう」

「この秘密は明かしたほうが二人の絆が強くなると確信している。だって貴方たちより長く生きていますから、とのことです」

「……ハハッ、勝てないな、夫人には」

（あっ、笑った……）

くしゃりと笑うヴィンスを見ると、これ以上ないくらいに幸福感に包まれる。ずっと笑っていてほしい。幸せであってほしいと、ドロテアは心の底から思う。

（……もしかしたら、ヴィンス様もそうなのかもしれない）

今回の件は、ヴィンスの深い愛ゆえの行動だということを、ドロテアはしっかりと理解している。

ドロテアがヴィンスに笑顔や幸せを望むように、きっと彼も――。

「ヴィンス様」

言うべきなのは「申し訳ありません」ではないのだろう。見せるべきなのは、罪悪感に塗れた顔ではないのだろう。

「家族のこと、そして私のことを気にかけてくださって、本当にありがとうございます」

ドロテアはそう言って、まるで花が咲いたような笑みを向ける。

すると、耳と尻尾をピンと立てて、やや照れたように微笑むヴィンス。

そんな彼に愛おしさが溢れ出したドロテアは、爪先立ちになると、ヴィンスの襟元を引いて彼に顔を近付けた。

――かぷ。

「…………!?」

ヴィンスの鼻を甘噛みしてすぐに離れると、彼は今までに見たことがないくらいに瞠目していた。

まさか以前にドロテアにした求愛行動――鼻への甘噛みを、自身がされるだなんて思いもしなかったのだろう。

「……っ、ドロテア、お前な……っ」

鼻を隠すように手で顔を覆いながらも、僅かに覗くヴィンスの真っ赤な頬。

（か、可愛い……ヴィンス様、不意打ちに弱いのね）

そんなふわふわとした思考になりながらも、少し時間が経ってとんでもないことをしてしまったと思ったドロテアは、深く頭を下げた。

「と、突然申し訳ありません……！　ほぼ無意識で……」

「……っ、謝らなくても良いが、いきなりはやめろ……頼むから」

「はい、かしこまりました」

――以前デートに行く間際、ヴィンスも急にしてきたのに。ドロテアはそう思ったけれど、それを口に出すことはなかった。

今はそれよりも、伝えなければいけないことがあったからである。

「あの、昨日の質問……ヴィンス様のことをどう思っているかについて口にするのは、少しだけ待っていただけませんでしょうか？」

ややしおらしく言うドロテアに、いつの間にやら普段の冷静な面持ちに戻ったヴィンスは、額辺りを押さえて息を吐いた。

「さっき求愛行動《あんなこと》をしておいてか？　言うより凄い行動力だと思うが」

「そ、それは！　そうかもしれませんが……！　言うのが恥ずかしいだけではなくてですね……！その、お伝えするのはハリウェル様に、きちんとお断りしてからが筋ではないかと……」

「さっき、あんなこ――」

「そ、それはもう聞きました……！」

必死なドロテアに、ヴィンスはクックツと喉を鳴らしてから口を開いた。

「……ドロテアは俺が今何を言おうと、ハリウェルをしっかり振らないと俺に好きだとは言えないんだろう？」

こうもあけすけな物言いをされると反応に困るドロテアだが、間違っている箇所はないので頷くことにした。

「もう少しオブラートに包んでいただきたいですが、そういうことです……。善は急げということで、今からお伝えしに行こうかと思うのですが、構いませんか？」

ハリウェルは今日一日休みにしてあるが、おそらく体調に問題はないだろう。

こういうことは長引かせる方が相手に期待をもたせる可能性もあるし、ヴィンスにもそろそろちゃんと思いを伝えたい。

しかし、肝心のヴィンスは考え事をしているのか、返答はなく。

「だめでしょうか……？」

無意識に眉尻を下げて問いかけると、ヴィンスはドロテアの頬にそっと手を伸ばした。

「……しょうがない、構わん。俺もそろそろドロテアの口からきちんと聞きたいからな。だが、今のような可愛い顔はするなよ。……せっかくハリウェルが諦めなければと思っていたとしても、決心が揺らぐかもしれない」

「……っ、許可をいただき、ありがとうございます」

（……か、かわ……っ、いや、今はそこではないわ、しっかりしなさい私……）

何度言われてもヴィンスから可愛いと言われるのは慣れない。なにより、胸がムズムズとして、体温が一度上昇するようなこの感覚に嬉しさを覚えるのだから困ったものだ。

そうした思いを抱きながらも、ドロテアはもう一度自身にしっかりするよう言い聞かせる。凛とした眼差しで、ヴィンスを見上げた。

「もう少しだけ、待っていてください」


ドロテアが部屋を出た少し後、ヴィンスは一人残された書庫の奥の部屋に佇んでいた。本を読むわけでもなく、ただ椅子に座って腕を組んだ状態で。

そんなヴィンスの頭の中にはロレンヌからの手紙のことやドロテアの美しい笑顔、甘噛みされた時の光景と、もう一つあった。

「ハリウェルの奴をどうするか」

このままハリウェルを専属護衛騎士にすることはもちろん可能だ。ヴィンスがその任を解かなければ良いだけの話なのだから。

ドロテアは振った側として気まずい部分もあるだろうが、ハリウェルが居てくれる有り難さを以前話していたことと、彼女の公私を分ける性格から、おそらく大きな問題はないだろう。

ハリウェルは振られた側としてドロテアとは比べ物にならないくらいに気まずいだろうが、そこはハリウェルの性格上、振られたらそれなりに諦めがつくはずだし、仕事に手を抜くこともないだろう。

（……あいつも狼の獣人だから、そう簡単にドロテアへの思いを無にはできないだろうが……）

とはいえ、狼の習性があったとしても本人が諦めようと思えばその思いは日に日に薄れていく。

きちんと振られたことを自覚し、ドロテアを煩わせないなら、この国で最強の剣の腕前を持つハリウェルが専属護衛のままの方が彼女の安全は守られるというもの。

（ということは分かっているんだがな……）

今だって、ドロテアがハリウェルに告白をしに行っているのだと思うと、嫉妬に駆られてしまう。

ヴィンスはくしゃりと前髪を掻き上げた。

「ドロテア……」

それでも、断りを入れるのなら、早いほうが良いのは間違いない。ヴィンスはそう自身に言い聞かせて、己の鼻にそっと触れる。

言葉はなかったものの、甘噛みで思いを伝えてくれたドロテアを思い出すと無意識に頬が綻んだ、そんな時だった。

「ヴィンス！　大変です！」

「……！　何事だ、ラビン。というか、どうしてここに居ることが分かった」

勢い良く扉を開けて入室して来たラビンに、ヴィンスは怪訝な顔を向けた。ヴィンスと呼んでいる辺り相当慌てていることだけは理解できた。

「ドロテア様がヴィンスの手を引いて執務室を出て行くなんて珍しいですから、そりゃあ貴方たちの行き先が私に伝わってくるくらいには城内では騒ぎになっているわけですよ！」

「は？」

「因みに古参のシェフは『ドロテア様を溺愛する陛下は手を握られてさぞ喜んでいるはず！』と今日は異国のお祝いの料理であるお赤飯を作ると――」

「シェフは俺を五歳児だとでも思っているのか。あと赤飯はやめろ」

確かに古参のシェフはヴィンスが産まれる前から城に仕えていて、息子……どころか孫を見るような感覚があるのだろうが。今はさておき。

「……で、用件は何だ」

「ハッ！　そうでした……！　実は先程――」

それからラビンが告げたとある出来事に、ヴィンスはやれやれといった様子で立ち上がった。

第二十五話　断りと、愛を

ヴィンスと別れてから、ドロテアはハリウェルの行方を探していた。

部屋に居ないことは確認済みなので、もしやと思い城の敷地内にある鍛錬場に行けば、そこには一人で剣を振るうハリウェルの姿があった。

「ハリウェル様！」

「……！　ドロテア様、どうしてこちらに……！」

休暇だというのに、髪の毛から汗が滴るほど鍛錬を積んでいるハリウェルにドロテアは駆け寄ると、息を整えてから彼を見上げた。

「鍛錬中にお声掛けをして申し訳ありません。もし良ければ、終わってからお時間をいただけませんか？　昨日の件、お話ししたくて……」

「……！　分かりました。丁度終えようと思っていたところですから、少し場所を変えましょうか」

ハリウェルはそう言うと、近くに置いておいたタオルを取って首にかけてゆっくりと歩き出す。

そんなハリウェルの後方、彼との距離は一メートル程度のところをドロテアが歩くと、着いたのは鍛錬場のほど近くにある騎士たちの休憩場だった。

そこにはガゼボがあり、ドロテアとハリウェルは向かい側のベンチに腰を下ろした。

「ドロテア様、わざわざ声をかけてくださってありがとうございます。私に気遣いは無用ですので、はっきりと仰ってください」

このガゼボにも特殊な加工がしてあり、ここでの会話は敷地内全体には伝わらないようになっている。

もちろん普通に話す分には辺りに聞こえるが、見たところ誰も見当たらない。ドロテアは自分に活を入れるために膝の上に置いた拳をぎゅっと握りしめた。

「では、単刀直入に言いますね。……私は、ハリウェル様の思いには応えられません。申し訳ありません……」

ドロテアはいつもより低い声でそう言うと、深く頭を下げる。

今まで誰にも見向きもされなかった私が告白を断るなんて何様なのだろうと、そんなふうに思わないでもないが、こういうことは互いのために有耶無耶にしてはいけないと思ったから。

「顔を上げてください、ドロテア様」

「…………」

ハリウェルの指示に従い顔を上げれば、彼はそれ程悲しそうではなかった。どころか、スッキリしたような顔つきに見えてならなかった。

「ありがとうございます、しっかりと返事をしてくれて」

「ハリウェル様……」

「それに、むしろ頭を下げなければいけないのは私の方です。陛下に忠誠を誓った身でありながら私欲に溺れ、ドロテア様を困らせるなど……。このことは昨夜、陛下にはお話しされたのですか？」

「はい。ヴィンス様に隠すべきではないと判断しました。けれどヴィンス様はハリウェル様に対して怒ってなんていらっしゃいませんでした。……少しだけ嫉妬はしていましたが」

素直に伝えれば、「ハハッ！」と白い歯を見せて笑うハリウェル。

もっと重々しい空気になるかもしれないと予期していたが、一夜明けたからなのか、ハリウェルの性格のおかげなのか、爽やかな風のような空気がそこには流れていた。

「やはり陛下は懐が広いお方でいらっしゃいますね。──ドロテア様は、陛下のそういうところを好きになったのですか？」

そう問われたドロテアは「それもありますが……」と小さな声で答えて、慈しむように微笑んだ。

──確かにヴィンスは懐が広い。

ハリウェルが立派な騎士になるためにこれまでしてきた努力や人生を尊重したり、ロレンヌに頭を下げてドロテアの家族を助けたり、彼の懐の広さを知る機会はこれまで沢山あった。

その他にも、ヴィンスの王として民や国のことを誰よりも考えているところや、思慮深いところ、察しが良いところ。時折意地悪を言うところや、嫉妬心が強いところも、全部魅力的で、大好きだけれど。

「ヴィンス様は、誰よりも優しいんです」

「…………」

「自分が傷付いたり、損をしたりするかもしれなくても、他者を優先してしまうような、そんな人なんです」

ハリウェルのことだって、嫉妬するくらいなら自分の気持ちを優先させれば良いのに。

ドロテアの家族のことだって、ドロテアの気持ちを思いやって隠さなくても良いのに。

それは、まるで損な役回りに見える。けれど、ヴィンスはきっとそんなふうに思っていないのだろう。

家族や妹、周りのために今まで必死に頑張ってきたドロテアには、そのことが痛いほど分かった。

「私は、そんなヴィンス様を支えたい。……あのお方が苦しい時に、傍にいたい。この思いはきっと、ヴィンス様より先にハリウェル様に出会っていたとしても、持っていたと思います」

昨夜のハリウェルの質問の答えになっているだろうか。そう不安に感じたドロテアだったが、ハリウェルが大きく頷いていることにホッと胸を撫で下ろす。

（それに、私はヴィンス様の婚約者として……未来の妻として、ヴィンス様が愛するこの国を、よ

り良くしたい。私の知識がお役に立てるなら、それは国のため、ヴィンス様のためが良い）

たとえ平民という身分であっても、そのことでヴィンスが嫌な思いをすることがあっても、もうこの気持ちを消すことなんてできそうになかった。

ヴィンスの隣に自分以外の婚約者が、妃がいる未来なんて想像したくない。

（だって、もう無理なんだもの）

その瞬間、眉の辺りに決意の色を浮かべたドロテアの髪が、柔らかな風にふわりと揺れる。

思いだけに留めるはずだったのに、風に背中を押されたかのように、その言葉はついに溢れ出した。

「ヴィンス様のことが好きだから——……」

それから十秒にも満たないような沈黙の後。

「ははっ」とハリウェルが笑い声を漏らしたことで、ドロテアは自身がとんでもないことを口にしたことに気が付いた。

「や、え、あ、えっと、今のは……！　つい、その……！　今のはどうか忘れてください……！　私ったらなんてことを……！」

「謝らないでください！　私も徹底的に言われたほうが諦めがつきますから！」

「〜っ、そういうつもりではなかったのです……！　申し訳ありません……っ」

「いえ！　ドロテア様の気持ちがはっきりと分かって、むしろ清々しい気持ちです」

こう言ってくれてはいるものの、申し訳無さやら羞恥心やらで全身が熱い。

ドロテアは何度もハリウェルに謝罪をしてから手でパタパタと顔を扇《あお》ぐと、目の前の彼がおもむろに立ち上がった。

「ハリウェル様……？」

そしてハリウェルは、王城の方向を見ながらこう囁いた。

「しかし、こういうことは御本人に仰ってあげませんと」

「え？」

まさか、とドロテアはハリウェルの視線の先を追う。

「——ドロテア」

「……！　ヴィンス様が何故ここに」

想い人——ヴィンスの登場に、ドロテアは反射的に彼に駆け寄った。

質問に対し、頭を撫でてくるだけで答えてくれないヴィンスに、ドロテアは小首を傾げた。

ヴィンスのことだ。ハリウェルが鍛錬場に居ることを予想したドロテアが彼に話しかけ、二人でこのガゼボに移動したと推測するのはそう難しいことではないだろう。

しかし、ここに来た理由までは分からなかった。

いくらヴィンスが嫉妬深いとはいえ、あれだけはっきりとハリウェルに断りを入れると言ったドロテアとハリウェルの話し合いを邪魔する……というのは考えづらい。

（じゃあ、一体どうして……）

そんな疑問を抱いていたドロテアだったが、腰を曲げて耳元に顔を近付けてきたヴィンスに、その疑問は直ちに吹き飛んでいくのだった。

「ドロテアは酷い女だ」

「えっ」

「ああいうことは俺に向かって言わないと駄目だろう？」

「……!?」

ヴィンスの言うああいうこと、との意味が分からないほどドロテアは鈍感ではないので、これ以上ないくらいに瞠目した。

『ヴィンス様のことが好きだから――……』

（う、嘘！　ヴィンス様に聞かれていたの!?）

おそらくヴィンスはあの時からわりと近くに居たのだろう。ドロテアとハリウェルが真剣に話していて、気付くのが遅かっただけで。

（なんてこと……！　なんてこと……っ!!）

気持ちはバレてしまっているし、近いうちには言うつもりだったけれど、他者に言っているところを聞かれるのはまた違う。恥ずかしさでどうにかなりそうだ。

そんなドロテアが未だに顔が近いヴィンスにおずおずと視線を寄せれば、ニヤリと口角を上げた彼が映る。過去に何度も見たことがある、意地悪で蠱惑的なヴィンスのその表情に、ドロテアはゾクゾクした。

「ドロテア、さっきの言葉はまた後で聞かせてくれ。……しっかりと俺の目を見て、な」

「〜〜っ」

ヴィンスはそう言うと、「さてと」と言ってもう一度ドロテアの頭を撫でてから、体ごとハリウェルの方を向いた。

「——ハリウェル。その顔を見る限り、かなり吹っ切れたみたいだな」

地面に片膝をつけ、頭《こうべ》を垂れているハリウェルはそのまま答える。

「はい。ドロテア様が真摯に向き合ってくださったこと、そして陛下の懐の広さのお陰でございます」

そんな彼にヴィンスは「面を上げろ」と命じてから、本題を切り出した。

「俺がここに来た理由は、ラビンから『ハリウェルが名誉騎士の称号を返還するつもりだ』と聞いたからだ。事実確認をしに来た」

「えっ、ハリウェル様が？　……なるほど、だからヴィンス様がこちらに」

驚きながらも納得したドロテアに、ヴィンスは同意するように首を縦に振る。

厳密には、ハリウェルが文官の一人に名誉騎士の称号を返還するにはどのような手続き取るべきかを聞いていて、その文官が何事かと思いラビンに相談したところから始まっているのだが。

「……で、ハリウェル。どうなんだ」

ヴィンスに問いかけられたハリウェルは、眉を八の字にして悲しそうに口を開く。

「事実です。陛下への忠誠を誓った身でありながら、私は陛下の婚約者のドロテア様を煩わせ、陛下に不快な思いをさせてしまいました。視察から帰ってきた際にドロテア様が階段から足を踏み外した時も、お助けすることができませんでした。そんな私が名誉騎士の称号を賜っていること自体が間違いなのではないかと……そう思ってのことでございます」

元気のない声に比例してか、ハリウェルの耳と尻尾はシュン……と垂れている。

名誉騎士の称号を返還すれば自ずとドロテアの専属護衛騎士の任も解かれるため、おそらくハリウェルはそうすることでけじめをつけようと思っているのだろう。

（そんな……）

ハリウェルの姿と、彼の内心を察したドロテアはチクリと胸が痛んだ。

確かにドロテアに恋心を抱き、それを伝えたことは決して褒められることではないだろう。騎士という立場で、ヴィンスに忠誠を誓っているのならなおさら。

けれど、ドロテアはこう言わずにはいられなかったのだ。

「以前視察に行った際、ハリウェル様は常に傍で私を気遣い、ほんの些細なことからも守ってくださったではないですか……！　それに、今までの努力や武功が認められて得た名誉騎士の称号を手放すことに……後悔はないのですか？」

本音を言うと、ドロテアはハリウェルに専属護衛騎士を続けてほしかった。それは単純にハリウェルの強さが心強いことと、彼の明るくて真っ直ぐな性格には好感を抱いていたからだ。

ハリウェルがドロテアの傍に居ることが辛いわけじゃないなら、わざわざ辞めてほしくはなかった。

（それに、ハリウェル様のこれまでの努力や人生を尊重したいと言ったヴィンスもきっと、こんな結末は望んでいないはず）

ただ、これは口にしても良いものなのかと、ドロテアは言うのも憚られた。

というのも、ヴィンスの性格上、いくらドロテアが思いに応えられないとハリウェルに断りを入れたとしても、多少は嫉妬心を覚えるのではと考えたからだ。

「……後悔は……分かりません。しかし、私にできることはこれくらいしか――」

「ハリウェル」

ハリウェルの言葉を遮ったのはヴィンスだった。

ヴィンスの芯の通った聞き心地の良い声に、ドロテアは耳を傾ける。

「俺は以前お前に言ったな。ドロテアを煩わせるな、次はないと」

「……はい。ですから、名誉騎士の称号を……あっ、陛下のお気に召さないのであれば、他にどのような処罰でも――」

「一人で勝手に話を進めるな……！」

「「……！」」

ややや語気を強めたヴィンスに、ドロテアとハリウェルは素早く目を瞬かせる。

「ドロテア、正直に言え。……ハリウェルに告白されて、お前は煩わしいと感じたか？」

「……！」

質問の意図を明瞭に理解したドロテアは、大きく首を横に振った。

「いえ。好意に応えられないことには胸が痛みますが……私は今までの人生、ちっともモテませんでしたので。好意を持ってくださること自体はむしろ、嬉しかったです。……一切、煩わされてなんていません」

「ドロテア様……っ」

「だ、そうだ、ハリウェル。ドロテアがこう言っている以上、お前が責任を感じる必要はない。ついでに言うと、ドロテアが階段から落ちそうになった時は、お前も手を出していただろうが。別に俺が居なくとも、お前が居ればドロテアは無傷だったはずだ」

「……っ、陛下……」

ハリウェルの目に何かがキラリと光る。

少しずつ立ち上がっていく純白の耳と尻尾に、分かりやすいなぁなんて感想を持ったドロテアだったが、いきなりヴィンスに肩を抱かれたことでほんわかとした感情はすぐに消え去った。

「ヴィンス様……っ!?」

驚き、そして恥ずかしがるドロテアを余所に、ヴィンスは「それに」と言葉を続けた。

「さっきドロテアの口から嬉しいことが聞けたからな。俺は頗《すこぶ》る機嫌が良い。……お前がドロテアの傍に居ようと、あまり気にならない程度にはな」

「……！　ちょ、ヴィンス様……！」

突然何を言い出すのかとドロテアは驚いた。

「……だから、お前はこれからもドロテアの専属護衛騎士として日々精進しろ。良いな、これは命令だ」

「……っ、はい!!　この命をかけて、ドロテア様をお守りいたします!!」

けれど、やれやれというような、それでいて優しい笑みを浮かべているヴィンスと、滝のように涙を流しながら感動を露わにするハリウェルに、ドロテアの胸はほっこりと温かくなったのだった。


ハリウェルがこのまま専属護衛騎士を続けられること。またはドロテアやヴィンスとも蟠《わだかま》りが残らなかったこと。

諸々の懸念が解消されたドロテアは、軽い足取りでヴィンスと共に城内へと戻っていた。

「さて、さっきの言葉、直接聞かせてもらおうか？」

あれよあれよとヴィンスに彼の部屋へと誘われ、密室に二人きり。そして、ソファに座るヴィンスの上に向かい合せで跨るように座らされ、告白を催促をされたドロテアは羞恥で顔を赤らめていた。

「ヴィンス様……！　確かもう少ししたらセグレイ候爵閣下が謁見に来るのでは!?　話はまた夜に……」

そんなドロテアは少しだけ頭を切り替える時間が欲しくて、ヴィンスに懇願する。

しかしどうやらヴィンスは、この機会を逃す気はないらしい。

「問題ない。まだ一時間ある」

「その一時間を他の仕事や体を癒やすことに使うのはいかがでしょう？　お手伝いや紅茶の準備ならお任せを！」

「今は必要ない。話を逸らすな、ドロテア」

「……っ」

一切折れてくれないヴィンスに、ドロテアはこの場から逃げられないことを悟った。

太腿や尻から感じるヴィンスの体温や、いつも見上げてばかりの顔がほぼ同じ目線にあること、そんなヴィンスの少し余裕がない顔に、ドロテアは覚悟を決めて口を開こうとした。

「あっ」

そんな時だった。何かを思い出したようなドロテアの声が部屋に響いたのは。

「……今度は何だ」

「少し思い出したことがありまして、今お話ししても……？」

言葉は控えめながら、気になって仕方がないというような目を向けるドロテアに、ヴィンスはハァと溜め息を漏らしてポツリと呟いた。

「……惚れた弱みか。その目をされると話を聞いてやりたくなる」

「えっ？　何か仰いました？」

「いや、何でもない。で、何があったんだ」

呆れつつも優しい眼差しを向けてくれるヴィンスにドロテアは胸をジーンとさせつつ、「実は」と話し始めた。

「ロレンヌ様からの手紙の件なのですが、実は一つ気になることがありまして」

「気になること？」

「はい。手紙の最後になんの脈絡もなく『楽しみに待っていてね』と意味深な感じで書かれていたのですが――ヴィンス様は何かご存じですか？」

もちろん、ドロテアのほうがロレンヌとの付き合いは長いし、彼女のことをよく知っている。だというのにヴィンスに尋ねたのは、彼がドロテアの家族の件でロレンヌに連絡を取っていたことがあるからだ。

もしやヴィンスなら何か知っているのでは……？　とドロテアは思ったのである。

「…………。さあな」

しかし、ヴィンスは知らないと言う。

（変な間があったような気がするけれど）

そんなことを思いつつも、ヴィンスの表情は普段と大きく変わらない。

ただの気のせいか、とドロテアが納得し、疑問を一旦頭の隅に追いやった。

「そろそろ良いだろう。……ドロテア、話を戻すぞ」

「～っ」

再びの告白タイムに、ドロテアは緊張で体がガチガチに固まる。

そんなドロテアに気付いたヴィンスは、少し考える素振りを見せてから口を開いた。

「体が強張っているな。そんなに好きの一言が緊張するか？」

「……うう、申し訳ありません……不徳の致すところでございます……」

「別に謝らなくてもいい……が、悪いが逃がしてやる気もないんでな。さっさとその緊張を解くためには――やはりあれか」

「あれ？」

ヴィンスはそう言うと、立派な漆黒の尻尾をぶりんっとドロテアの方に動かして、彼女の体にくるりと巻き付けたのだった。

「えっ!?　ヴィンス様の尻尾って、こんなに自由自在に動かせるのですか!?　こんなにくるりと丸くすることも可能なのですね!?　というか、も、もふもふ～！　もふもふに包まれて……幸せです

「……！」

「ドロテアなら喜ぶと思ったが、予想以上の反応だな」

「だって、こんなにふわふわな尻尾に包まれるだなんて、中々経験できることじゃありませんもの！」

これでもかと目尻を下げて「もふもふ……もふもふ幸せ……」と連呼するドロテアに対し、ヴィンスはくつくつと喉を鳴らす。

その笑い方は決して馬鹿にするものではなく、愛おしいと言わんばかりのものであることを、ドロテアは知っていた。

（ヴィンス様……）

告白を急かすかと思いきや、緊張を解くために尻尾で包んでくれて、それにドロテアが喜べば、愛おしそうに笑みを零す。——そういうヴィンスが、愛おしくて堪らない。

（よし、言おう……！）

緊張を消すことはできない。言葉を噛んでしまったり、慌てておかしなことまで口走ってしまうかもしれないし、真っ赤な顔は林檎のようで、可愛くないかもしれない。けれど、それでも良い。

「あの、ヴィンス様……！」

「ああ」

ドロテアは真剣な表情でヴィンスを見上げ、そして覚悟を決める。

「私、ヴィンス様のことが——」

「……ああ」

ヴィンスの黄金色の柔らかな瞳とドロテアのコバルトブルーの力強い瞳が絡み合い、それを口にするまで後一秒にも満たない、はずだったのに。

——バタン！

「お、お兄様!! こちらに居まして!? あの女がもう入城してしまいましたの……!! 早く来てくださいま——って、あら？ あっ、あららら!? もしや今とっても良いムードでしたか!?」

部屋で二人きり。ヴィンスの膝の上にドロテアが乗っている。二人は何やら熱っぽい瞳で見つめ合っている。

この状況を見て、邪魔をしてしまったことが分からないほどディアナは子供でも無知でもなかった。

「ごごご、ごめんなさい〜！ お兄様にお義姉様ぁ〜!!」

「……ディアナ、そう思うなら今直ぐ部屋を出ていけ」

心底申し訳無さそうに謝るディアナに、額に青筋を浮かべているヴィンス。

しかし、ドロテアは怒るでも呆れるでもなく。

「と、とりあえず下ろしてください！ ヴィンス様……！ あっ、でも尻尾が離れるのは惜しい！ こんなに可愛いのに……じゃない！ 早く尻尾を離してください！ 下りられませんから……！」

（それに、これは今度また告白の催促をされてしまう……!!　うう……っ）

ドロテアの腰辺りを未だにガチっと尻尾で包み込んでいるヴィンスに、今ばかりは離してくれと懇願し、また訪れるのだろう告白タイムのことを想像するので一杯一杯だった。

第二十六話 ✦ 悪女フローレンス、登場！

「それで、どなたがいらしたのですか？」

ヴィンスの膝から下りられた後、ドロテアはできるだけ平静を装ってディアナへと問いかけた。

ヴィンスは大凡《おおよそ》想像がついているのか、面倒臭そうに溜め息を漏らしている。

「それが、セグレイ侯爵家の長女、フローレンス様がいらっしゃったのですが……」

「というと、本日謁見するはずのセグレイ侯爵閣下のご令嬢ですね。侯爵と一緒に登城なされたのですか？」

「はい。予定よりもかなり早い到着だったので、お二方には今は応接間にて待機してもらっているのですけれど……」

言い淀むディアナに、ドロテアは小首を傾げる。

早めに登城した程度のことで、先程のようにディアナが慌てふためくとは考えづらいからだ。

（それにさっきディアナ様はフローレンス様のことをあの女と言ったわ。あの穏やかなディアナ様が……一体どうして）

妹のシェリーの暴言でも大事にはしないような、懐の深さを持っているディアナだ。おそらくちょっと嫌なことをされた程度のことでは、令嬢を『あの女』呼ばわりすることはないのだろう。

しかも、セグレイ侯爵家の現当主は、王都や郊外に国費で建てた国立病院の経営責任者を任せられている。この国の重要ポストであり、その侯爵家の娘であるフローレンスを嫌うとは、一体何があったのだろう。

「応接間で、何か問題があったのですか？」

とはいえ、今は過去に何があったのか深く聞くタイミングではない。

ヴィンスとは違い、この状況の何が問題なのかあまり分かっていないドロテアは、ディアナにそう尋ねた。

「それが……フローレンス様がメイドたちに『さっさとヴィンス様に会わせなさいよ』と当たり散らしているのです。侯爵もそんなフローレンス様をあまり窘《たしな》めず……。メイドの一人が私に助けを求めに来て……久しぶりに彼女と少し言葉を交わしてみたものの……無理でしたわ……」

「ディ、ディアナ様大丈夫ですか……っ!?」

ちーんという効果音が付きそうなほど疲弊しているように見えるディアナに、ドロテアは駆け寄って体を支える。

（思っていたよりも、ディアナ様とフローレンス様の溝は深いのかしら？　確かにメイドに当たり散らすような人は好きになれないものね。というか……ヴィンス様に会わせなさいって、何故？）

セグレイ侯爵家の歴史や家族構成、領地がどの程度発展しているか、それこそ多くの病院を経営していることなどは知っているけれど、侯爵やフローレンスの人となりをドロテアは知らない。

ヴィンスに会いたい理由も、侯爵令嬢としてなのか、個人的なものなのかも分からないのだ。

（ヴィンス様は、ご自身の名前が出たのにさほど気にしている感じはないわね）

ちらりと見たヴィンスの反応の薄さから、ドロテアはそう感じ取る。すると、同時に彼が口を開いた。

「ディアナは昔からあの娘が大の苦手だからな」

まるで人ごとのように囁いたヴィンスに、ディアナはカッと目を見開いた。

「あれを苦手にならないなんて無理ですわぁ!!」

「……まあ、お前はそうだろうな」

（……ということは、ヴィンス様は苦手ではないのかしら？）

ヴィンスもディアナも大変聡明で懐が深い。

性格は違えど、根本にある王族としての器のようなものは酷似しているので、これほどディアナが苦手とするならば、ヴィンスも苦手意識を持っているのかもと思っていたのだが。

（まあ、でも、人それぞれだものね）

ドロテアはそう自身を納得させると、ヴィンスに名前を呼ばれたことで「はい」と答えた。

「かなり早いが――仕方がない。このまま俺はセグレイ侯爵たちに会いに行ってくる。ドロテアも来い」

「えっ、しかし私はまだ婚約者です。謁見の間でお話しされるのですよね？　そこにお邪魔してよろしいのでしょうか？」

「ああ。まだ妃の席に座らせる訳にはいかないが、歴代の妃たちも婚約者の頃に謁見には立ち会っていたようだから問題ない」

「そういうことでしたら、かしこまりました」

ディアナが苦手とするフローレンスがどのような人物かも気になるし、ヴィンスに会いたいと言った理由も気掛かりだ。

更に、今日セグレイ侯爵からは病院の経営についての報告と嘆願があると事前に耳にしていたので、直接話を聞けるならそれに越したことはない。

（……将来妃になる身として、しっかり聞かなければ）

ドロテアはそう決意すると、ディアナにまた後で話しましょうと告げて、ヴィンスと共に謁見の間に向かった。

王の席に座るヴィンスの隣に立ってから、大体五分が経った頃だろうか。

ヴィンスが謁見の間に向かったという伝言を聞いたのだろう侯爵とフローレンスは、謁見の間に入室すると、部屋の中央あたりで足を止め、頭を下げた。

ヴィンスが先にドロテアを紹介すれば、侯爵たちはドロテアに対しても頭を下げる。

（この方たちが、セグレイ侯爵閣下とその娘であるフローレンス様）

二人は猫の獣人で雰囲気がよく似ており、ドロテアは相手に気付かれないようにそっとフローレンスを観察し始めた。

（これはまた……凄いドレスね）

ヴィンスの瞳の色とよく似た黄金色のドレスの生地は、見たところレザナードで一番希少価値が高いものだ。

そんな生地に一流の職人の手による刺繍。所々に近隣諸国でよく採れるルビーをあしらってあり、首元に光るダイヤモンドはなんて豪華なのだろう。

（あのネックレスについているダイヤモンド、多分大きさは十カラットを超えるわね。……流石侯爵令嬢。あんなに希少価値が高くて高価なもの、上位貴族でも一部の者しか手に入らないはず）

やはり病院の経営をしているセグレイ侯爵家はかなり潤っているらしい。

十八歳という若さとお手入れの賜物なのか、赤茶色の長い髪も艶々で、同じく赤茶色の耳や尻尾もふわふわとしており、触ったら気持ち良さそうだ。

（……って、そうじゃない！）

ついもふもふしたい欲求に駆られたドロテアだったけれど、謁見の挨拶が始まろうとしたところで気を引き締めた。

「国王陛下にご挨拶申し上げます。この度は拝謁を賜りまして――」

「挨拶は良い。せっかく早く来たんだ。さっさと本題に入れ」

予定の時間よりあまりに早いことやフローレンスが騒ぎ立てたことに対して謝罪もしない侯爵に、ヴィンスは嫌みっぽくそう言ってみせる。

直後、侯爵が「……かしこまりました」と言って頭を上げれば、フローレンスもそれに続いて頭を上げた、その時だった。

「……！」

（い、今フローレンス様に物凄く睨まれたような気が？）

元からキリッと吊り上がっているフローレンスの目が、より吊り上げられたように見えたのは気のせいではないはずだ。

（確実に初対面のはずだけれど……）

睨まれる理由が思い浮かばなかったドロテアが内心で困惑すれば、侯爵が侍従に持たせていた資料を手に取り話し始める。

現在獣人国にある国立病院の数から始まり、その医療体制や薬を処方した患者の数。

しかし、全ての患者を救うためには病院が足りないという実態。そのため、国費でまた病院を建設してほしいということ。

「……ほう。話は理解した。この場ですぐに判断できる事柄ではないため、今日持ってきている報告書や諸々の資料、足りない分は後日に城に送れ。検討してから返事をする」

「ハッ……！　是非ご検討くださいますよう、お願い申し上げます」

そんな侯爵の言葉を最後に、話は終わったように思えた、のだけれど。

「ヴィンス様！　私もお話ししたいことがありますわ……！」

両手を胸の前で絡ませて、小首を傾げて尋ねるフローレンスに、ヴィンスは一瞬口角をヒクと上げた。

（た、確かに、令嬢としての品位に欠ける言い方とポーズではありますが……）

「陛下……！　父である私からもお願い申し上げます！」

そんな侯爵の後押しもあってか、ヴィンスはスッと目を細めて「何だ」とだけ答える。

フローレンスはふふんっと笑みを浮かべると、突然ドロテアを指差した。

「以前ヴィンス様に婚約者ができたことは耳にしましたが、こんなの酷いですわ！」

「えっ」

ドロテアはいきなりのことに驚き過ぎて呆然としてしまう。

まさか自分が的にされるとは思わなかったからだ。

「何を言いたい」

立ち尽くすドロテアに対して、ヴィンスは地を這うような低い声で問いかける。

その声にドロテアはヴィンスの中に怒りが生まれていることを察知して、フローレンスのために
これ以上彼女が何かを言わないよう、口を開こうとした、のだけれど。

「私のハジメテを奪っておきながら、私以外を……それも人間の女を妻に迎えようだなんて酷いじゃありませんかっ!!」

「……！　ハジ、メテ……？」

フローレンスのとんでもない発言に、ドロテアは頭が真っ白になったのだった。


「お義姉様、メイドたちは下がらせましたから楽にしてくださいね！　あっ、あまり上手ではないかもしれませんが、私がお茶のご用意を……！」

「ディアナ様、ご迷惑をおかけして、申し訳ございません……。それと、ありがとうございます」

フローレンスのハジメテ発言の後、流石の侯爵もフローレンスの発言をまずいと思ったのか、ヴィンスとドロテアに頭を下げるとそそくさと謁見の間を後にした。

そんな二人の退出の後にドロテアが謁見の間を出たところ、ちょうど出会したディアナが声をかけて自室に招待してくれたことで、現在に至る。

「全然迷惑ではありませんわ！　何なら私が半ば無理矢理連れて来たようなものですもの！」

「けれどそれは、私がヴィンス様に対してあんな態度を取っているのをご覧になったからでは……？」

「そ、それは……！　私がお義姉様とお茶をしたかったのですわ！　ね？」

（ディアナ様……なんてお優しい嘘を……）

——遡ること十数分前。実は侯爵とフローレンスの退出後、ヴィンスと二人きりになった謁見の間で、ドロテアはこんなことを考えていた。

（ハジメテって何……？　男女のハジメテって……それって、やっぱり、営みのこと……？）

年頃の女性が言葉をそのまま受け取るならば、その可能性は低くない。

しかし、ヴィンスのことを好きなドロテアが、それを直接ヴィンスに尋ねる勇気はなく。

「ドロテア、さっきのセグレイ嬢の発言のことだが——」

ヴィンスはいつの間にか目の前に来て、先程の説明をしようとする。

いつもならば彼の目をじっと見て耳を傾けていただろうが、今日のドロテアには無理だった。

もし自身の想像していたことをヴィンスの口から聞いてしまったら、それが真実だったら、醜い感情が溢れ出してしまうかもしれないと危惧したからである。

「……っ、ヴィンス様！　申し訳ありませんが、その話はまた後日にしてください……！」

だからドロテアは、全速力で謁見の間の外までは逃げた。

「待て、ドロテア！　頼むから話を聞け……！」

けれど、人の何倍もの脚力を持つヴィンスを撒けるはずはなく、ドロテアは捕らわれた手首を離してくれと言うように腕をぶんぶんと振った。

「もももも、申し訳ありませんが、今はやめてください……！　今だけはご容赦ください……！」

「待て！　お前何か誤解を――」

そしてこの時、ドロテアにとって救いとなるディアナが登場したのである。

「ちょ、お兄様!!　お義姉様に何をしていますの……!?」

――ということがあり、ディアナが間に入ってくれたことでヴィンスとは離れることができた。

謝罪と感謝を伝えたドロテアはディアナが淹れてくれたお茶を飲んで「美味しいです」と感想を口にすると、あの……と話し始める。

「あんな恥ずかしいところをお見せして申し訳ありません」

「いえいえ。普段どれだけ仲が良くても喧嘩の一つや二つはするものですわ。……もしお義姉様が良いならば、お話を聞きますが……」

「…………。あの、ですね……」

言うべきか言わざるべきか、ドロテアは頭を悩ませる。

今までドロテアは、誰かに何かを相談したことが殆どなかった。

余程のことじゃなければ自分の頭で解決できたし、分からなければ調べれば良かったから。

けれど、ディアナに打ち明けるか悩んだのは、過去に経験がないという理由だけではない。

もしディアナの口からもドロテアの想像しているような話が出たら、信憑性を増してしまうと思ったからだ。

知的好奇心よりも恐怖が上回るなんて、初めてだった。

(ヴィンス様が関わると、私ってこんなに面倒くさいのね)

自嘲気味にそんなことを思いながら、ドロテアはディアナを見やる。

眉尻を下げてこちらを見ているディアナは、心底心配しているように見えて、胸が痛んだ。

(このまま一人考えていても苦しいのなら、いっそのこと)

ドロテアはディアナにだけは打ち明けてみようかと、ゆっくりと口を開いた。

「実はフローレンス様が、ヴィンス様にハジメテを奪われたと仰ったのです」

「……っ！」

「私はそれを夜の営みのことだと考えました。ヴィンス様の口からそのことを聞かされたら……嫉妬してしまうかもしれないと思い、あの場から逃げたのです。意気地なし……ですよね」

ドロテアがヴィンスの婚約者になったのなんてまだ最近のことだ。それまでのヴィンスの政治手腕などはそれなりに聞き及んでいたものの、対人関係——特に女性関係のことなんて何も知らなかった。

(けれどヴィンス様だもの。そりゃあ、モテることくらい分かってはいたわ……分かっていた、けれど)

好きな男性が過去に他の女性と関係を持っていたかもしれないなんて、恋愛経験が乏しいドロテアは直ぐには受け入れがたかった。

とはいえ、過去のことだ。過去のことなど気にしていたらキリがないし、ドロテアにヴィンスを責める権利も責める気も更々ない。

少し落ち着いたらヴィンスから話を聞いて、きっちり自分の中で消化すればいいと、そう思っていたというのに。

（でも、フローレンス様はヴィンス様のことが好きなのよね）

彼女のヴィンスへの態度、早く会わせてとメイドに当たり散らしたこと、ドロテアを睨みつけたこと、ドロテアがヴィンスの婚約者であることを不満に思ってのあの発言からして、それは間違いないのだろう。

ハジメテ発言だけでも頭がパニックだというのに、フローレンスの恋心まで知ってしまったドロテアの心は不安定になっていた。

（……泣きそう……って、だめだめ、今泣いてはディアナ様にご迷惑をおかけしてしまうから、部屋に戻ってからにしないと）

自身の涙腺にムチを打って、ドロテアは溢れ出してきそうなそれを我慢する。

「……ドロテア様！　それは勘違いですわ！」

「えっ」

すると、ガタンとテーブルが揺れるくらいに勢い良く立ち上がったディアナの目の奥には、何だかメラメラとした炎のようなものが見える。

「あの、ディアナ様……？」

「あんの女……お義姉様を不安がらせるためにわざとハジメテを奪ったなんて紛らわしい言い方をしたのですわ……。もうプンプンですわ……」

「プンプンって言い方がとても可愛い……じゃない！　……紛らわしい言い方、とは？」

素早く目を瞬かせるドロテアにディアナは一旦怒りを収めると、大きく口を開いた。

「あの女が言ったハジメテとは、獣人国の風習――ブラッシングのことですわ！」


獣人国の風習は数多く存在する。その中でも特に有名なのが、王族が十歳になった貴族の子供をブラッシングをするというものだ。

これを行う日のことを『毛づくろいの日』という。

毎年一月一日、その年に十歳になる貴族の子達が親と共に王城に集まり、王族自らが貴族の令息令嬢の耳や尻尾をブラッシングすることで、今後も国や民のために励みなさいという鼓舞の気持ちを表しているようだ。

王族にブラッシングをしてもらえるなんて、貴族であろうとこの時くらいなので、彼らにとってかなり貴重な日であることは間違いない。

『毛づくろいの日』を迎えるまでは、家族以外にブラッシングをしてもらうのは禁止されていることもあって、彼らにとってこの日は、貴重で初めての経験をする日なのだ。

（なるほど。だからハジメテ……いや、それにしても）

因みに『毛づくろいの日』と名付けられている理由は、昔はブラッシングではなく、本当に毛づくろいをしていたからという説が有力らしいが、諸説あるらしい。……と、この話は一旦さておき。

（風習だというのにハジメテを奪われたというのは、明らかに誤解を招くような言い方よね……。しかも、その当時フローレンス様がどうしてもヴィンス様にブラッシングをしてほしいと駄々をこねたらしいし）

珍しくドロテアの眉間に皺が寄る。フローレンスの性格なんて今日のことでしか知らないが、正直あまり好感はあまり持てなかった。

とはいえ、ディアナにフローレンスのハジメテ発言の詳細を聞いた時、『毛づくろいの日』のことを詳しく知っていたドロテアは、ホッと胸を撫で下ろしたものだ。

一方で、ディアナはフローレンスの発言にカンカンに怒っていたが。

（怒るディアナ様には悪いけれど、そんなお姿もとても可愛い……って、だめよ、ドロテア！）

ドロテアはぶんぶんと頭を横に振ると、自分のことのように怒ってくれたディアナに顔を綻ばせる。

ダンスの練習の時間が迫っていたディアナと別れて部屋に戻っていたドロテアは、ナッツからじっと見られていることに気づいて首を傾げた。

「どうしたの？　ナッツ」

「お顔が嬉しそうでしたので、何か嬉しいことがあったのですか？」

正直言うと嫌なことも嬉しいこともあったのだが、どう答えようか。

そう考えたドロテアは、少し間を開けてから「そう、ね！」と答えるとナッツは尻尾をグルングルンと回しながらはにかんだ。

「ふふっ！　ドロテア様に嬉しいことがあったなら、私も嬉しいです～!!」

「……ナッツ……！　ナッツゥ～!!」

ナッツの優しさと相変わらずの可愛さに癒やされつつ、彼女の大きな尻尾を見てドロテアは惚れ惚れしてしまう。

そんなナッツは「あっ」と声を上げると、ティータイム用のお菓子を準備しながら、くりんっとした尻尾を揺らした。

「そういえば、先程、ドロテア様がお部屋に戻られる少し前、セグレイ侯爵令嬢とお会いしました」

「……！　大丈夫だった？　私付きのメイドであることを理由に、何か言われなかった!?」

再三だが、フローレンスの事細かな性格は知らない。しかし、フローレンスは間違いなくドロテアに敵対心を持っている。これだけは確かだった。

そのため、ナッツが変に絡まれてやしないか心配だったのだが、ナッツはけろりとした様子で口を開いた。

「はい！　『ドロテア様付きのメイドだと、色々と大変でしょう？』と言われただけでした！　なので私は、ドロテア様はご自身のことは何でもできて、陛下の婚約者として毎日沢山お仕事をされているので、中々お世話ができなくて大変です！　聡明で素晴らしいお人柄のドロテア様をもっともっとお世話したいです！　と答えておきました！」

「ナ、ナッツ貴女それ……」

「何故かセグレイ侯爵令嬢は悔しそうなお顔をして『にゃによ、それ！』と言って去って行かれたんですが、私は何か変なことを言ってしまったのでしょうか？」

きょとんした顔つきで問いかけるナッツに、ドロテアは「あはは……」と小さく微笑んだ。

（おそらくフローレンス様はナッツに対して私の悪口を言ったのだろうけれど、さすがナッツ……。抽象的な言い方では、ナッツには響かないのね。……ま、なんにせよ、ナッツが嫌な思いをしていないならば良かったわ。……って待って、にゃによって、何……？）

フローレンスの捨て台詞が気になって仕方がないドロテアだったが、ナッツに「話は変わりますが」と話しかけられたので、疑問は頭の隅に置いておいた。

「約一ヶ月半後の婚約パーティーの準備は順調そうですか？」

ヴィンスとの婚約誓約書が受理されてからというもの、ドロテアは公務や書類仕事の手伝いをし

聖女の妹の尻拭いを仰せつかった、ただの侍女でございます
2
~謝罪先の獣人国で何故か冷酷黒狼陛下に見初められました!?~
櫻田りん
イラスト 氷堂れん
初回版限定
封入
購入者特典
特別書き下ろし。
ナッツ先生の獣人講座②
※『聖女の妹の尻拭いを仰せつかった、ただの侍女でございます～謝罪先の獣人国で何故か冷酷黒狼陛下に見初められました!?～ ②』をお読みになったあとにご覧ください。
EARTH STAR
LUNA

「ドロテア様！　ただいまから二回目の獣人講座を行いますよ！　準備はいいですか……!?」

「ええ」

それは、とある雨の日のこと。ドロテアの自室でのできごとだった。

ナッツが眼鏡を掛けて板書するためのボードを用意し始めたので、ドロテアは、この前やった獣人講座をまたするのね……と直ぐに察した。

だから、ドロテアは急いでノートとペンを準備し、生徒として対応することができた。

そんなドロテアに対して、「優秀ですね！　うふふっ！」と言いながら尻尾をフリフリさせるナッツは、この上なく可愛らしい。

（本当にナッツが可愛過ぎて困るわ……！　前回の黒縁眼鏡もいいけれど、今回の赤縁眼鏡も堪らない……！）

ドロテアがそんなことを考えていると、「それでは始めますよ！」と言って、ナッツがペンを滑らせる。

しかし、ボードに書かれた『マーキング』という文字に、ドロテアは目をぎょっと見開いた。

（ごめんなさいナッツ……！　獣人さんたちのマーキングについては、既に履修済みなの……！）

いつだったか、書庫の本を読み漁っていた時に、獣人のマーキングの記述については、それはもう細かく読んだ。おそらく、これ以上学ぶ必要はないくらいに。

（けれど、そんなことを言ったら、せっかくノリノリで教えようとしてくれているナッツに悪いわ……！　よし……知らないフリをしましょう……！）

可愛いナッツを拝められるこの機会を逃したくはない。ドロテアは固く決意し、前のめりでナッツの言葉に耳を傾けた。

「今回、ドロテア様に学んでいただくのは、獣人ならではのマーキングについてです！」

「え、ええ！　知りたいわ！」

「マーキングというのは、一般的に動物が尿をかけたり、体をこすりつけたりして、なわばりを示すことですが、獣人のマーキングは対場所に行うものではなく、対獣人、もしくは対人に行います！　この人は自分の大好きな人なんだ〜！　というのを、周りに見せるための行動ですね！　簡単に言うと、牽制です！」

「そ、そそ、そうなのね〜！」

「なんと、マーキングの方法は二つあるのです！子どもと大人で違うのですが、まずは子どものマーキングについてお話しますねっ！」

それからナッツは、とても楽しそうに話してくれた。

子どものマーキングは主に、自分が身に着けている物を好きな相手に渡し、その子に身に着けてもらうことで成立すること。

両思いの場合は、互いに身に着けているものを交換し合い、互いに身に着けること。

「ナッツは詳しいのね……！」

「えへへ！　そうですか……!?　ドロテア様に褒めていただいて、とっても嬉しいですっ！　きゅるるんっ！」

（こっちの心がきゅるるんよ、ナッツ……！）

ながら、婚約パーティーの準備も進めていた。

　本来はもう少し時間をかけて準備するものなのだが、婚約パーティーをしないと結婚式ができないというしきたりにより、結婚式をあまり遅らせたくないというヴィンスが早く執り行うよう皆に命じたのだ。

「ええ。ドレス選びにはナッツが、会場のセッティングにはディアナ様が、警備に関してはラビン様やハリウェル様が、来賓の方たちへの案内状についてはヴィンス様が手伝ってくださっているから、概ね順調よ。いつもありがとう、ナッツ！」

「ぷっきゅーん！　お役に立てて光栄でございます！　……けれど、その、お忙しい中恐縮なのですが、執事長から一つ確認がありまして……」

「……？」

　口籠るナッツに、「どうしたの？」とドロテアが問いかける。

「ドロテア様は婚約パーティーを終えた後、今度は結婚式に向けての準備が始まりますよね」

「そうね。あっ、もしかして専属メイドの候補のことかしら？」

「流石ドロテア様！　そうです！　そのことなのです！」

　歴代の王の婚約者たちは、妃になる頃に専属メイドを最低でも二人任命する。

　しかし妃になる直前は結婚式やその準備でかなり多忙なため、事前に専属メイドを決めておくことが多かった。

「そうね。早めに選ばないといけないのだけれど……。条件に当てはまる者があまり居ないのよね……」

次期妃となるドロテアの専属メイドになるには、色々と決まりがあるのだ。

「まずは、メイドとしての能力を厳しくチェックする試験に合格した者。これだけでもメイド全体の一割くらいに絞られるのだけれど……もう一つの決まりがね……」

「これが一番大切ですからね！　何があってもドロテア様に忠誠を誓える者、ですっ！」

因みにナッツについては、ドロテアがレザナードに謝罪に来た際、騎士に扮したヴィンスに謝罪し、他者を思いやる姿を見た時点で、どうしてもドロテアに仕えたいと執事長に話していたらしい。

急ぎ受けたメイド能力チェックにはクリアし、同僚たちからの信頼も厚く、裏表のない性格であることを知っている執事長は専属メイドにナッツを推し、ヴィンスから許可が下りたのである。

……因みに、ナッツは時折ミスをするものの、主人への気遣いという点で優れていたので能力チェックはギリギリ通ったらしい。

「確かに忠誠心は大切だけれど、それを測るのは難しいから、選定には時間がかかるかもしれないわね。執事長にもそう伝えてくれる？　ナッツほどの人材は中々居ないもの」

「え、えへへ！　褒められてしまいました！　私はただドロテア様が大好きなだけなのですけれど！　あ、伝言は承りましたっ！」

「ナッツ〜……良い子……貴女が居てくれて本当に嬉しい……！」

「ありがとうございます……!　あ、ドロテア様、スコーンが冷めてしまいますから、どうぞ召し上がってくださいませっ!」

ナッツが準備してくれたスコーンに舌鼓を打つ。ドロテアはしばらく、可愛い専属メイドとのほのぼのとした時間を過ごした。

——それから約一時間後のこと。

部屋においてある本を読むからとナッツを下がらせた直後、ドロテアは本を持ったまま少しだけヴィンスのことを考えていた。

(あんなふうに変な態度を取ってしまって、ヴィンス様には申し訳無いことをしたわ……謝らないと。それにしても、『毛づくろいの日』かぁ。誰かがブラッシングをしているところって見たことがないわね。……って、あ)

その瞬間、頭に思い浮かべたのは幼いヴィンスと、幼いフローレンスの姿だ。

二人の幼少期を知らないので勝手な想像なのだが、ドロテアの脳内には幼いヴィンスが幼いフローレンスの耳や尻尾をブラシで整えている光景が浮かんだ。

(…………ブラシを持っていない方の手で、耳や尻尾に優しく触れたのかしら。丁寧な手付きでブラッシングしてあげたのかしら。その時のフローレンス様はきっと、とても嬉しかった、わよね。……羨ましいな)

獣人でもなく、獣人国の貴族でもないドロテアにはできない経験だ。

それは分かっているし、風習の一つなのだからそういうものなのだと認識する他ないというのに。

（……こんなことにも妬いてしまうなんて、ヴィンス様に知られたくない）

閉じたままの本をテーブルに置いたドロテアは、ハァと溜め息を漏らして頭を抱えた。

第二十七話　寂しい黒狼陛下

——一週間後。

執務室で仕事をしていたヴィンスは、手元に落ちた影に顔を上げた。

「ヴィンス様、こちら頼まれていた資料です。それと、王城内の備蓄のチェック表も記入済みですのでご確認くださいませ」

「ご苦労。助かった。……なあ、ドロテア、この後は——」

「急ぎの仕事は終わりましたので自室に戻り他の仕事をしてまいります失礼いたします」

ヴィンスの言葉を遮るようにノンブレスで言い切ったドロテアに、彼は「あ、ああ」と答えることしかできなかった。

小さくなっていくドロテアの姿。バタンと閉まる扉の音。彼女が執務室から居なくなった瞬間、ヴィンスの口からは溜め息が零れた。

（これは……どうすべきか）

一週間前、フローレンスのせいでドロテアに拒絶された。

ヴィンスはドロテアがあらぬ誤解をしていることを容易に想像できたので、その日のうちに誤解を解こうとした。けれど、セグレイ侯爵が持ってきた資料を読み込むのに時間がかかってしまい、それは叶わなかったのだ。

それならば次の日だ、と意気込んだヴィンスだった、のだけれど。

（あの手この手で上手いこと避けられてしまっているな……。今日までドロテアと仕事以外の会話を一つもできていない。さて、そろそろ本気でどうにかしないといけないな）

ドロテアはあの日以降も仕事はきっちり熟《こな》すし、報連相も怠らない。

ただ、目が合ったら直ぐ様背けられて、私用を話そうとすると仕事が忙しいからと避けられるだけだ。……いや、それが一番きついのだが。

とはいえ、ディアナからはフローレンスの発言は『毛づくろいの日』の出来事であったとドロテアには説明済みだという報告を受けている。

聡明なドロテアが、その事実を知ってもフローレンスと良からぬ仲なのではないかと疑っているとは、ヴィンスには思えなかった。

（しかし、五日前に何故避けるのかドロテアに尋ねた際、自分の問題だから放っておいてほしいと言われてしまったしな。……これ以上しつこく聞くのも考えものだ）

ドロテアが本気で困って悩んでいるようなら無理にでも聞き出しただろうが、如何せんあの時の彼女の表情や声色からは話したくないという強い意思が感じられた。

だからそんなドロテアの意思を尊重して、今日までヴィンスは敢えてドロテアに必要以上に問いただすことはしなかった。

（……だが、もう限界だ。ドロテアと話ができないのが、こんなに寂しいとはな）

獣人国の王が聞いて呆れる。婚約者と一週間まともに話せていないだけで、こんなに心が掻き乱されて、寂しさを覚えるなど。

「………………」

無意識に、ヴィンスの漆黒の耳と尻尾が垂れ下がった。

そんな彼の様子を見たラビンはやれやれといった様子で立ち上がると、ヴィンスを執務室の外に連れ出した。

「……で、何のつもりだ、ラビン」

執務室の比較的近いところにある談話室にて。ヴィンスの問いかけに、ラビンは苦笑いを零す。

「さっきドロテア様に逃げられて落ち込んでいたでしょう？　ですから仕事に手がつかないかなと思いまして、一旦この部屋に」

「余計な世話を。お前は自分の仕事とディアナのことだけ考えていろへタレメガネめ」

「なっ、何ですって～!?」

……とは言いつつも、いつもラビンの気遣いには助けられてばかりだ。

「常に姫様のことを考えていたら、私は無能になって文官の職を下ろされてしまいますよ！」なんて言っているラビンに対してヴィンスは小声で礼を伝えると、テーブルに置かれている花瓶が目が入った。

（これは……）

談話室には常に花が飾られている。

今日は花弁が五枚ほど付いた桃色の花——アザリアのようで、確かこれは王城の庭園に咲いているものだ。

「アザリアはまだ咲いているのか」

「ええ。確かこの花は二ヶ月以上枯れないと言われていますからね。それにしても、ヴィンスが花に興味を持つなんて珍しい」

「ドロテアがここで暮らすようになって直ぐの頃、庭園を歩いた際にドロテアがアザリアに興味津津だったことを思い出してな」

「なるほど」

ドロテアは庭園にある花を愛でる……というか、獣人国にしか咲かない花や希少性の高い花に特に興味を持ち、興奮気味に観察する様子は未だに鮮明に覚えている。

特にこのアザリアは長く咲く反面、花を咲かせるまでが難しい品種で、庭園に咲いているのを見つけたドロテアは食い入るように見つめていたものだ。

（……！　そうだ）

アザリアを視界に捉えたままのヴィンスは、とあることを思いつく。

何の考えもなしにドロテアに問いかけるより、良いかもしれない、と。

「ラビン、よくこの部屋を選んだ。手柄だ」

「はい？　何のことですか……？」

ぽかんと口を開けるラビンに、ヴィンスはフッと笑みを浮かべた。

「お前の優しさに助けられた」

「……!?　ヴィンスがこんなに素直だなんて……！」

「――礼に、今度の婚約パーティーの後、ラビンが大事な話があると言っていたとディアナに伝えてやろう」

「はい!?　誰もそんなこと言っていませんが!?」

「パーティーの後に大事な話なんて、ディアナの奴、物凄く期待するだろうな。……そろそろ男を見せろよ、ラビン」

「ちょ、ちょちょちょちょ……!!!!」

動揺からか、ラビンの長い両耳が右に曲がったり左に曲がったりとおかしな動きを見せている。

ラビンとは長い付き合いだが、そんな彼の耳の動きを見たことがないヴィンスは、目尻にしわを寄せて「ハハハッ」と微笑んだ。

一方その頃、ドロテアといえば。

嫉妬心を隠したいあまり、ヴィンスを変に避けてしまっていることに反省しながら、その申し訳無さを書類仕事にぶつけていた。

「ドロテア様、お部屋にここまで沢山お仕事の書類を持ち込むのは珍しいですね。今日はもう執務室には行かれないのですか？」

「え、ええ。まあ、ね。たまに場所を変えると、とっても仕事が進むことがあるじゃない？」

「確かにっ！　私もたまにお外でご飯を食べると、いつもより沢山食べてしまうことがありますから、それと同じですね！」

「そ、そうね……？」

ナッツらしい喩《たと》えである。

その会話を最後にナッツが部屋から退出したので、ドロテアは再び真剣に書類に向き直った。

「……あら？　……何だか、おかしい……？」

手に持った書類に書かれた数字の羅列に違和感を覚えたドロテアは、手元を覗き込んだ。

ドロテアが見ている資料は、病院の経営報告——先日セグレイ侯爵が持ってきたものであった。

資料は数十枚あり、今見ているのは一ヶ月毎の病院の経営費について書かれているものだ。

薬代や医療従事者への給与、医療機器の買い替え費用など、この資料を見る限りはおかしなところは見当たらない。

（金額に目につくようなものはないし、項目も妥当なもの。けれど何だろう……こう、何だか……）

強いて言うなら、資料が綺麗過ぎるという感じだろうか。

イレギュラーな事態は無かったというように、毎月同じような経営費が掛かっているところが、ドロテアは気掛かりだった。

「……よし！　私の気にし過ぎならばそれで良いんだし、調べるだけ調べてみましょう！」

たとえ何も出て来なかったとしても、調べた分だけ知識を得られる。

ドロテアはもう一度「よし！」と意気込んで、再度読み込もうと資料を注視した。

——その時だった。

「ドロテア」

「……！　ヴィンス様!?　何故ここに!?」

突然室内に現れたヴィンスに、ドロテアは口をあんぐりと開けた。

「ノックをしたんだが、聞こえていなかったのか？」

「申し訳ありません……資料に夢中でした……」

「ドロテアらしい。……悪かったな、仕事の邪魔をしてしまって」

「いえ、そんなことは……」

（ハッ……！）

つい驚いた拍子に普通に会話をしてしまったが、このまま話していればどこかでフローレンスに嫉妬しているとボロが出てしまうかもしれない。

それを危惧したドロテアは数回「う、うん！」と大げさに咳払いをすると、資料をテーブルに戻して立ち上がった。

「それでヴィンス様、何の御用でしょうか。急ぎのお仕事などありましたら、直ぐに取り掛かりますが」

ドロテアはそう言うと、ヴィンスと視線を合わせないように彼の胸辺りを見たことで、とある違和感に気付いた。

（あら？　どうして右手を隠すように背中側に回しているんだろう）

そんな疑問に、ドロテアがやや怪訝な顔をする。

直後、ヴィンスはどこか不安を滲ませたような声で「ドロテア……」と呼ぶと、隠していた右手をすっとドロテアの方に差し出したのだった。

「えっ」

そしてドロテアは、彼が右手に持っているピンクの花——アザリアの花束を見て、目を丸くした。

「ドロテア、どうか受け取ってくれないか」

「……な、何故急に花束を……って、あっ」

ヴィンスは花束を贈るより、共に見に行こうと誘ってくれるタイプだ。

それに、今日は何の記念日でもなければ、花束が欲しいだなんて言った記憶もない。

だからドロテアは不思議に思ったわけだが、ここが獣人国レザナードであることと、花束を渡すヴィンスの不安げな顔から、全てを悟った。

「〝可愛い貴女と話すチャンスをください〟——この国で花を渡すのはそういう意味があるのだと、以前街にデートに行ったときにヴィンス様が教えてくださいましたよね」

確かあの時は虎の獣人が花を渡そうとしたのを、ヴィンスが牽制したのだ。

「……ああ。済まないが……どれだけ考えてもドロテアが俺を避ける理由が分からなかった。だが、お前と普通に話せないのは……寂しい」

「……っ」

「だからどうか、この花束を受け取ってくれないか」

まるで捨てられた子犬のような目で見てくるヴィンスの顔は、今まで見たことがない。

寂しいだなんて彼の口から聞いたことは、おそらく一度もない。

そんなヴィンスの様子に、ドロテアは胸がギュッと締め付けられた。

（嫉妬心を知られたくないばかりに、ヴィンス様をこんなに不安にさせてしまうだなんて。……私、

最低だわ）

しかし、反省は後だ。

今は何よりもヴィンスを安心させてあげなければと思ったドロテアは、彼の持つ花束へと手を伸ばす。そして、嬉しそうに自身の胸に抱えた。

「ヴィンス様、ありがとうございます……！　とても嬉しいです……！」

「……ふ、喜んでもらえたなら良かった」

その瞬間、穏やかに顔を綻ばせるヴィンス。

声色は普段と変わらないものの、ピクピク動く耳と大きく揺れる尻尾に、彼が喜んでいることは手に取るように分かった。

（なんて、優しくて可愛い人……っ！）

そんなヴィンスに対して、ついもふもふしたい衝動に駆られるドロテアだったが、まだ花束を受け取っただけで何の話もしていないことにはたと気付いた。

もう一度花束をじっと見つめてその美しさを堪能してから、「後で飾りますね」と言って、それを風通しの良い場所に置いたドロテアは、次にテーブルの上の書類を片付ける。

それからヴィンスをソファへと誘えば、彼に続いてドロテアも腰を下ろした。

少し動くだけで肩が当たってしまうほどの距離に座ったのは、ドロテアの中でもう避ける気はないという意思表示でもあった。

「ヴィンス様。改めて花束をくださってありがとうございます。本当に、嬉しかったです」

「ああ」

「……まずは、ヴィンス様を避けていた理由を、お話ししても良いですか……？」

「ああ、聞かせてくれ」

「実は――」

そしてドロテアは、自身の気持ちを吐露した。

『毛づくろいの日』の出来事だと分かっていても、ヴィンスがフローレンスの耳や尻尾をブラッシングしたことに、触れたことに嫉妬してしまったと。

こんなことで嫉妬してしまうような女だと知られたくなくて、醜い心の持ち主だと思われたら辛くて、嫉妬心を悟られないようにするためにヴィンスを極力避けていたのだと。

全てを伝え終えれば、ドロテアはヴィンスの方に向かって斜めに座り直して、深く頭を下げた。

「申し訳ありませんでした。嫉妬心を抑えようにも抑えられず……そのせいでヴィンス様を不安にさせてしまって……。反省、しています」

「………………」

ヴィンスの沈黙に、ドロテアの心には不安が渦巻く。

（呆れられているのかしら……）

そう推測して心が沈んでいくドロテア。

しかしこれは自業自得だ、謝罪をするしかないのだと頭を下げ続けていると、そのすぐ後のことであった。

「顔を上げろ、ドロテア」

ヴィンスにそう言われて指示に従えば、力強く抱き締められていた。

「……っ!?　ヴィンス様……っ？　あの、怒っていらっしゃるんじゃ――」

「どこに怒る必要がある。……好きな女に嫉妬されて、今、正直舞い上がってしまうほど嬉しい」

「〜っ」

少し腕の力を緩められ、至近距離で顔を見つめ合う。

変な顔をしていないだろうか、なんて不安に思うのに、彼の顔を見ていたくて目を逸らすことはできなかった。

意地悪そうに微笑んでいるのに、頬を薄桃色に染めているヴィンスが、愛おしくて堪らない。

（……触れられたい）

ヴィンスがフローレンスに触れたことに嫉妬したことを伝えたせいなのか、そんなことを思ったドロテアだったけれど、口を噤んだ。

だって、こんな恥ずかしいこと言えない。――そう、思っていたというのに。

「えっ」

その瞬間、顎を引いて耳を見せつけるようにし、尻尾もドロテアが触りやすいように前方に動かしたヴィンスに、ドロテアは素っ頓狂な声を上げた。

「ほら、好きに触って良いぞ」

「…………！」

「ドロテアと話したいことは沢山あるが、まずは触りたいだろう？」

「良いんですか!?」

まさかヴィンスからそんな提案をされるとは思ってもみなかったドロテアは、興奮のあまり口走ってしまったのだった。

「あっ、けれど今日は、ヴィンス様に触れていただきたいです！　沢山、沢山、触ってほしいのです……！」

「……!?」

目を丸くしたヴィンスの姿に、ドロテアは自分が何を言ってしまったかを理解して、咄嗟に片手で口元を覆い隠した。

「いっ、今のは……！　今のは本音なんですが、そうではなくてですね！　えっとつまり、変な意味ではないんですが、触ってほしくなって……。って、私は何を言っているのでしょう……!?」

自身の支離滅裂な発言に、より一層恥ずかしさが襲ってくる。

カァッと顔に込み上げてくる熱は、体調不良ではなく羞恥心から来るものなのだろう。

「ドロテア」

対してヴィンスは彼女の名前を呼ぶと、そっと片手をドロテアの頬へと滑らせる。ヴィンスの声は、どこか余裕がないようにドロテアには思えた。

「お前は本当に……たまに凄いことを言うな」

「……っ、今回の発言は、自分でも驚いています……」

素直な気持ちを吐き出せば、ヴィンスはクツクツと喉を鳴らしてから、ニヤリと微笑んだ。

そこには、先程可愛らしいと感じたヴィンスの姿はなく、いつもの意地悪そうな笑みを浮かべる彼に、ドロテアの心臓は無意識に高鳴った。

「──まあ、とにかくだ」

頬に触れていたヴィンスの手が、少し移動して耳に触れる。

耳朶《みみたぶ》をやわやわと触られ、直後ツゥー……となぞられると、ドロテアの体はピクピクと弾んだ。

そんな姿に、ヴィンスは至極楽しそうに口を開いた。

「大切な婚約者の要望には応えないとな」

「……っ、ですからさっきのは……いや、その前に耳を触るのはやめ──」

「……そう言いながら、触ってほしいんだろう？　さっき自分が言ったことを忘れたのか？　ドロテア」

「～～っ！」

その後ドロテアは、ヴィンスが満足するまで沢山触られることになる。

耳から始まり、頭や、首筋、それに鎖骨。手を絡ませ合ったり、向かい合っているときの膝と膝がくっついたり。

過去のヴィンスの行動を振り返れば、今回はそれ程過度なスキンシップではないというのに、自分から触ってほしいと言ったからなのか、とんでもなく恥ずかしかった。

――ヴィンスに触れられること、約三十分。

満足したヴィンスにようやく離してもらえたドロテアは、彼と横並びでソファに座っていた。

久しぶりにたわいない話をしていると、突然聞こえたノックの音に扉の方を見る。

ヴィンスに目配せをしてから「はい、どうぞ」と部屋主のドロテアが許可をする。扉を開けたのは、疲れたような顔をしているラビンだった。

「失礼いたします、ドロテア様。陛下に用があるのですが、おそらくこちらだろうと思い、参った次第です。お邪魔してしまって申し訳ありません……」

「い、いえ。構いませんよ。それよりもラビン様、何やらお疲れの様子ですが、大丈夫ですか？」

ドロテアの問いかけに、ラビンからは「あはは」と乾いた声が漏れる。

（何かあったのね）

「……で、わざわざ呼びに来るとは何があった、ラビン」

ヴィンスも同じように感じているのか、ドロテアとの時間を邪魔されたと苛立つ様子はなく、ラビンに優しく問いかける。

「それがですね……。今セグレイ侯爵がいらしてまして」

「今日、侯爵の登城の予定はなかったはずだが」

「そうなのですが……医療機関が足りず苦しむ民のためにいち早く病院の数を増やしたく、そのために補助金の協力を是非願いたいと。いても立ってもいられず、陛下に話を聞いていただきたいようです」

「………。分かった」

いくら事情があろうと、先触れもなく押しかけるのは非常識だ。

それに、ヴィンスも家臣たちも、新たな病院の建設については幾度となく議論を重ね、検討中だというのに。

(けれど、民のためと言われたら……話を聞くしかないわよね)

しかし、ここでドロテアに一つの疑問が浮かんだ。

(セグレイ侯爵の来城は突然とはいえ、ラビン様の顔にここまで疲れが出るものかしら)

そんなドロテアの疑問は、ラビンの次の言葉で直ぐに解決することになる。

「それとですね……実は今回もフローレンス侯爵令嬢が一緒に来ていまして……。自分も話し合いに参加したいと――つまり陛下に会いたいと駄々をこねていて困っているのです」

「邪魔でしかないだろうが。適当に庭園でも散歩させておけ」

「素直にこちらの言う事を聞いてくださるなら、苦労はしませんよ……」

頭を抱えるラビンにドロテアは同情の目を向ける。おそらく伯爵家次男のラビンでは、いくらヴィンスの側近という立場であろうともフローレンスに対して強くは出られないのだろう。

「それなら、ディアナに相手をさせろ。ディアナが相手なら流石のあの女でも言うことを聞くだろう」

「そうかもしれませんが!!　姫様はフローレンス侯爵令嬢のことが大変苦手なんですよ!?　それを知っていながらそんなこと頼めません!!　あの美しい天使の笑顔を歪めることなど……!!　できません!!」

「……ハァ」

ヴィンスは溜め息を漏らしているものの、ドロテアにはラビンの気持ちがよく分かった。

あの心優しいディアナがフローレンスのことを苦手だと言うのだ。

パーティーなどの社交場なら致し方ないが、わざわざ相手をさせるのは可哀想である。

(うーん。丸く収める方法はないものかしら……)

いくらセグレイ侯爵家がこの国にとってかなり重要だとはいえ、このままフローレンスに好き勝手させるのは各所に迷惑だろうし、ディアナを生贄として差し出すのは忍びない――。

「あっ、良い考えを思い付きました」

「……！　本当か、ドロテア」

「本当ですか、ドロテア様!!」

ヴィンスから真っ直ぐな目を、ラビンからは縋るような目を向けられたドロテアは、さらりと答えた。

「ヴィンス様の婚約者である私がフローレンス様のお相手をすれば、一番丸く収まるのでは？」

第二十八話　猫ちゃんと狐ちゃん

『ドロテアならば分かっているとは思うが、フローレンスを相手にすれば嫌な思いをするぞ。だから、無理はするな』

　ヴィンスはフローレンスに好かれていることに気付いているのだろう。そのため、ドロテアが何か嫌がらせでもされるのではないかと心配してくれているのだろうが、ドロテア本人は折れる気はなかった。

　ヴィンスの婚約者として、彼のために、城にいる者たちのために、できることをしたかったからだ。

　それを伝えればヴィンスは渋々納得したようで、フローレンスとのお茶会の許可を得たドロテアは、現在恋敵と対面していた。

（任せたと言ってくださったヴィンス様のためにも、皆の平穏のためにも、婚約者としてしっかりフローレンス様のお相手をしなければ）

　場所は王城の庭園。その一角にあるテラス席には、ドロテアとフローレンスはもちろんのこと、ドロテア付きのメイドであるナッツと専属騎士のハリウェル、フローレンス付きのメイドがいる。

各々のメイドがお茶の準備を済ませる中、ドロテアが「突然の誘いを快諾してくださり、ありがとうございます」と伝えれば、フローレンスはスッと目を細めた。

「それにしても驚きましたわぁ。まさかドロテア様がお茶に誘ってくださるだなんて」

（完全にこちらを値踏みするような目ね）

貼り付けたような笑みを浮かべてそう言うフローレンスは、今日も華美な装いだ。光沢のある赤いドレスはとても鮮やかで、胸元に光る宝石はなんとも眩い。

一方でドロテアは、白と青の二色の生地を使った清楚なドレスに、金色のイヤリングを着けている。

フローレンスとお茶を飲むのであれば着替えなければ！　と急ぎナッツが支度をしてくれたのだ。このイヤリングは、以前ヴィンスが贈ってくれたものである。

「改めましてドロテア・ランビリスと申します」

「フローレンス・セグレイですわ。以後お見知り置きくださいませ？」

顎を上げて偉そうな声色で言ってのけるフローレンスに、ドロテアは静かに微笑む。

ヴィンスの話によると、フローレンスは、地位や立場で相手を見るところがあるらしい。おそらくドロテアが平民になってからは、もっと偉そうな態度を取られるのだろう。

因みに、王妹のディアナは、フローレンスから過剰なお世辞を言われるらしい。立場上そういうことには慣れているらしいのだが、あまりに見え透いたものらしく、そういうところが苦手なんだとか。

（……まあ、私のことは、完全に敵対視しているみたいだけれど）

フローレンスの口調や表情はそれなりに取り繕っているが、観察力に優れたドロテアにはお見通しだ。

よほどヴィンスの婚約者であるドロテアが疎ましいらしい。

「それにしても、この前はごめんなさいねぇ？　失礼なことを言ってしまって。私、昔からヴィンス様のことを大変尊敬しておりますの。ですから、ドロテア様のような子爵令嬢で、しかもただの人間がヴィンス様の婚約者で大丈夫なのかと不安になってしまって……お許しくださいね？」

「「……！」」

フローレンスの明らかに攻撃的な発言に表情を歪めたのは、ドロテアの斜め後方に控えるナッツとハリウェルだ。

視界の端に映る二人の耳がピクピクと動き、同時に竜巻でも起こるのではないかというくらいに激しく尻尾を地面にぶつけている様子から察するに、相当怒っているのだろう。

（ふ、二人の尻尾……！　大丈夫かしら……！　それにしてもナッツ、さすがにこんなふうに言われれば、悪口だって気付くのね……！）

そんな二人を心配しつつ、ドロテアは笑みを浮かべて「至らぬところもあると思いますが、何卒ご教授くださいませ」と返す。

フローレンスが明らかにこちらを煽るような言い方をしているのは十二分に分かっているが、こういうタイプを相手にする場合、絶対に怒りを表してはならないことをドロテアは知っている。

（まあ、こういうふうに言われて良い気はしないけれど……でも、サフィール王国に居た時はそれなりに酷いこと言われてきたもの）

あの頃と比べたら、フローレンス一人に何を言われても大したことではない。

どうやらフローレンスは、そんなドロテアの態度が気に食わなかったようだが。

「ふっ、ふん！」

（ふんって……分かりやすいお方ね……）

そんなフローレンスは、頬をヒクヒクと震わせて気に食わないというような顔をしながら、グビグビと紅茶を飲み干す。そして、わざとらしくガチャン！　と音を立ててカップをソーサーへと戻せば、既に動き出そうとしていたメイドをキッと睨みつけた。

「ルナッ！　さっさと次のお茶を入れなさい！」

「は、はい。申し訳ありません」

ルナと呼ばれたメイドがフローレンスが言う前から紅茶のおかわりの準備をしていたことはドロテアには分かった。しかし、余計なことを言ってフローレンスを怒らせて退席されては元も子もないので口を噤んだ。――のだけれど。

「ルナさん、貴女紅茶を淹れるのがとても上手ね」

「え？」

長らく侍女をしていたドロテアは、無意識に侍女やメイドを細かく見てしまうくせがある。だから、ルナが紅茶の準備をする様子をじっと見ていたドロテアからは、称賛の声が漏れてしまったのだった。

「その茶葉、西方で採れるフィーユでしょう？　珍しい色をしているから直ぐに分かったわ。確かフィーユはこの国で一番扱うのが難しいと言われているのよね。茶葉の量に、お湯の温度、ポットへの注ぎ方が全て完璧じゃないと、ポット内でこんなに綺麗に茶葉が回らないはず。……って、ごめんなさいね、急に！　素晴らしい腕だと思って、伝えたくなってしまったの」

「……！　お、恐れ入ります」

女性にしては少し低い声でそう言ったのは、白い耳と尻尾を持つ獣人の女性——ルナだ。

犬の獣人かとも思っていたが、一瞬強い日差しを感じた時に瞳孔が縦に開いたことから、狐で間違いないだろう。

(見たところ、毛の触り心地は犬や狼の獣人さんと似ていそうね……。ああ、可愛い……もふもふしてみた——って、そうじゃない！)

ドロテアは軽い咳払いをしてからフローレンスに視線を向けた。

「フローレンス様、セグレイ侯爵家に仕える方はやはり優秀でいらっしゃいますね」

私も褒めてほしい！　と言わんばかりにキラキラと目を輝かせているナッツが視界の端に見えるが、それはまた後にして。

ルナを褒めつつ、フローレンスの家自体を褒める方向に話を進めた。

「おほほ！　当たり前ですわ！　それにこのルナはね、実は私が三年前に拾ってあげたんですの！」

「拾ってあげた？」

「ええ。ルナの母親なんですけれど、我が家が経営する病院に入院していましてね――」

フローレンスの話を要約するとこうだ。

まず、ルナはシーリル男爵家の長女で、かなり前から困窮していたらしい。

そんな中、彼女の母が病気で倒れ、入院したのがセグレイ侯爵家が経営する病院の一つだったようだ。

しかし、母の状態が芳しくないことで入院は長引き、とうとう男爵家では領民の税を上げなければ入院費はもちろん、自分たちの生活さえままならないようになってしまった。

そんな時、救いの手を差し伸べたのがフローレンスだったようだ。

「ルナとその家族がね、入院費の支払いを少し待ってくれと言いに病院まで来たのよ。もちろん病院側としては特別扱いはできないから転院してくれって言ったんだけど、そんなの可哀想じゃない？　だから、その話をパパから聞いた私がルナをメイドとして雇ってあげたってわけ！　そうよね？　ルナ」

　フローレンスが吊り上がった目でルナに視線を送れば、ルナの体はビクついた。

「は、はい。フローレンス様のお陰で、母の入院費の工面も、家族への仕送りもできております……どれだけ感謝しても……足りません」

「……そうでしたか。フローレンス様の懐の広さには感服いたします」

「そうでしょう？　そうでしょう？　おほほほほ！」

　扇子を取り出して大きく笑うフローレンスは、よほど気分が良いらしい。ドロテアに褒められたことが嬉しいのか、自身の良い行いを思い出し、悦に入《い》っているのか。

（どちらにせよ、フローレンス様の仰ることが全て真実ならば、話に聞いていたよりも良いお方なのかもしれない）

　けれど、ドロテアはどうも腑に落ちなかったのだ。

（話を振られたときのルナさんの反応。あれは驚いたというよりも、何かに怯えているように見えたわ）

　それに、ルナがフローレンスのことを慕っているようにはあまり見えなかった。言葉ではああ言っていたが、どこか言わされているように聞こえたというか、感情が伴っていないというか。

（じゃあ、フローレンス様が嘘をついている？　それとも、ルナさんが相当恩知らずな方とか……。けれど、どうにもルナさんがそんな方には見えないのよね……）

ドロテアの観察力を以てしても流石に細かいところまでは分からなかったので、一旦その疑問は忘れようとした、のだけれど。

「そうだ！　折角だから幼い頃のヴィンス様のお話をしてあげましょうか？　ドロテア様が知らないヴィンス様の姿、私はたーっぷり知っているもの」

「……はい、是非」

フローレンスの話に耳を傾けながらも、時折暗い表情を見せるルナのことが、ドロテアにはどうも気がかりだった。

それからドロテアは、ヴィンスとセグレイ侯爵の話し合いが終わるまで、フローレンスの相手をし続けた。

明らかに挑発的な態度を取られたり、小馬鹿にするようなことを言われたりもしたが、ドロテアが常に笑みをたたえているので、フローレンスは終始不機嫌そうだったが。

結果的に大きな問題は起こらず、お茶会は閉幕したのだった。

そして、その日の夜。

「ドロテア、中々上手いな」

「本当ですか？　ヴィンス様のリードのおかげだと思います。とても踊りやすいです……！」

王城内には宮廷舞踏会を開けるような大きなものから、個人レッスンのための小さなものまで、ダンスホールがいくつか存在する。

その一つの小さなダンスホールで、ドロテアはヴィンスとワルツのステップを踏んでいた。

窓から差す月明かりと、部屋の端に置かれたオイルランプの淡い光しかない中で、密着している二人の影は一つに重なっている。

「ヴィンス様。ダンスの練習に付き合ってくださってありがとうございます。婚約パーティーで披露するには不安が多くて……助かります」

「そうか？　前々からダンスの練習に付き合ってほしいと言われていたからどんなものかと思えば、ダンスの流れはしっかりと覚えているし、ステップもさほど問題ないように見えるが」

「いえその、サフィール王国に居た際にダンスレッスンの先生からは問題ないと言っていただけているのですが、如何せんパーティーで異性と踊った経験が殆どないもので」

この前のサフィール王国の建国祭でも、シェリーの問題行動を窘めていて踊れなかったし、ヴィンスに求婚されるまで、社交パーティーに参加しても誰もダンスに誘ってくれなかった。

恥を忍んで自分から誘ったこともあったが、そんなのは片手の指の数以下であり、ドロテアは圧倒的に異性とのダンス経験が少なかったのだ。

ドロテアの発言で、ヴィンスは大方のことを理解できたのだろう。「なるほど」と呟いてから、絡ませた指に、より力を込めた。

「ドロテア、昔のことを思い出させて悪かった」

「いえ、もうあの頃のことは良い思い出ですから！　むしろ、そのおかげでこうしてヴィンス様に手ほどきしていただける訳ですから、役得といいますか……」

「……っ」

背中を支えるヴィンスの手に力が込められ、より密着することになったドロテアの頬は薄らと桃色に色づく。

一方でヴィンスは、至近距離にあるドロテアの顔をじっと見つめて、ふっと微笑んだ。

「それなら、もっとダンスを上手く見せる方法を教えてやろうか？」

責任感が強いドロテアは、次期王妃としてパーティーで美しいダンスを披露するためならば努力を惜しまないつもりだ。そんな中でアドバイスを貰えるのならば、それは願ったり叶ったりというもので。

「は、はい……是非！」

前のめり気味にそう答えれば、その瞬間、ヴィンスの顔がずいと近付いてきたのだった。

「この国ではダンスの精度も重要だが、一番大切なのは踊る二人の密着度だと言われていてな」

「……っ、はい……っ？」

睫毛の本数を数えられそうな距離。

恥ずかしさのせいで上擦った声が出たドロテアに、ヴィンスはニヤリと口角を上げた。

「つまり、くっついて踊れば踊るほど、周りからは美しいという評価を貰えるわけだ」

「ほ、本当なんですか……っ？　そんな話、聞いたことが――」

「だろうな。……なんせ俺が今考えた嘘だ」

「はいっ……!?　何故そんな嘘を……!?」

クツクツと喉を震わせるヴィンスに問いかければ、彼に促されてダンスのステップが再開される。

青と白のドレスを靡かせるようにドロテアがヴィンスと共にくるりと回ると、イヤリングと同じ黄金色のヴィンスの目が薄らと細められた。

「ドロテアが可愛いことを言うから、無性に虐めたくなっただけだ」

「っ!?　な、なんですか、それは……っ」

「言葉通りだが？」

悪びれる様子もなく言ってのけるヴィンス。真剣に聞いたのにと思いつつ、そんな姿も格好良いと思ってしまうのは惚れた弱みだろうか。

「……で、今日の茶会はどうだったんだ？　どんな嫌みを言われてもお前が一切狼狽えないから、あの女がずっと不機嫌だったとハリウェルから報告を受けたが」

ややステップをスローテンポに落として、そう話を切り出したヴィンスの表情はどこか不安そうだ。

そんな彼の表情に、心配してくれているのだと察したドロテアは、明るい声色で答えた。

「確かに、嫌みのようなことは沢山言われましたが、それほど気になりませんでした。今まで何かと言われてきたので慣れていますし、敵意を持っている相手に何を言われても、大して心に響きません！」

迷いのない声ではっきりと伝えれば、ヴィンスの表情は先程よりも陰りを帯びる。

何故だろうかとドロテアが思っていると、ヴィンスがピタリと足を止めた。

「悪意を向けられることに慣れていても、一切何も思わないわけではないだろう。嫌な役を任せて、すまなかった」

「……！　ヴィンス様……」

「それと、本当に助かった。ありがとう、ドロテア」

「…………っ」

ヴィンスの言葉に、ドロテアは胸が詰まった。

ヴィンスは心配をするだけでなく、心の奥底にある小さな傷をも癒やし、感謝の言葉もくれる。

（いつも、いつもそうだわ……）

ヴィンスへの愛おしさや、彼の婚約者で居られる幸せが込み上げてきたドロテアは、自らヴィンスの背中に腕を回した。

ギュッと抱きつけば、ヴィンスは「珍しいな」と言いながら、片手で背中を擦り、もう一方の手で頭を撫でてくれる。その優しい手付きに、ドロテアはより一層腕に力を込めて、彼の胸板に頬をすりすりと押し付けた。

「私の代わりに、ナッツやハリウェル様が尻尾で怒りを表現してくださったので、スッキリしました」

「そうか。それは目に浮かぶな」

「ふふ。……あ、けれど……フローレンス様が幼い頃のヴィンス様のお話をされたときは、ヴィンス様の昔の様子を知れた嬉しさの反面、私の知らないヴィンス様を知っているんだなって、嫉妬してしまいました……」

尻すぼみに声が小さくなっていくドロテアが最後に「情けないです」と漏らせば、ドロテアの背中が弓のように反るくらい、ヴィンスは力強く彼女を抱き締めた。

「またお前は可愛いことを――その可愛いことを言う口を、今直ぐ塞いでしまおうか」

「……はっ、はい……っ!?」

「ふ、今夜は冗談にしておいてやる。キスだけで止まらなそうだしな」

「……!?」

薄暗い部屋でも分かるくらいに顔を真っ赤に染めたドロテア。

その表情を容易に想像できたヴィンスは、くつくつと喉を震わせると彼女の耳元に口を寄せた。

「あと、俺の昔の姿が見たいなら、今度アルバムを見せてやる。一緒にディアナやラビン、ハリウエルが写っているものもあるかもな」

「……!?　そっ、それはまさしく幼いもふもふ天国ではありませんか！　是非！　是非今度見せてくださいませ！　約束ですよ、ヴィンス様！」

「お前はブレないな、本当に」

幼いもふもふ天国に心を奪われたドロテアは、いつアルバムを見せてもらえるか、念入りにヴィンスに確認をするのだった。

第二十九話　報連相は大事です

次の日から、通常公務と婚約パーティーの準備、そしてセグレイ侯爵家の病院の経営について調べ始めたドロテアは、多忙な日々を送っていた。

時折肉体的に疲れることもあったが、毎日新しいことが知れる日々は、知的好奇心が底知れぬドロテアにとって充実したものだった。

そんな日が続き、婚約パーティーまで残り一ヶ月を切った頃、ドロテアは自室で一人椅子から勢いよく立ち上がった。

「やっぱりおかしいわ」

仕事の合間、ドロテアは自室でこうしてセグレイ侯爵が提出した病院の経営書類について調べている。

そんな彼女の目の前にあるテーブルの上には、病院の経営報告書と、もう一つの資料が置かれていた。

「こんなの、あり得ない」

ドロテアはそう呟くと、もう一度着席し、資料とにらめっこをする。

しかし、やはり違和感が拭えることはなく、ドロテアは急ぎ執務室へと向かった。

「どうしたドロテア、そんなに急いで」

それほど作業に追われていないのか、比較的穏やかな空気が流れる執務室に入ると、ヴィンスの心配そうな眼差しを向けられる。

文官たちにも「大丈夫ですか？」「何かありましたか？」と声を掛けられる中、彼らに驚かせてごめんなさいと謝罪を入れ、ドロテアは肩で息をしながらヴィンスの目の前まで歩いた。

「ヴィンス様、少しお話が——」


ヴィンスと共に自室に戻ってきたドロテアは彼にソファに座ってもらうと、急ぎお茶の準備をした。

それが済むと、テーブルの上に纏めておいた資料をヴィンスに手渡し、口を開く。

「今お渡ししたものの一つが国立病院の経営報告書です。以前セグレイ侯爵が提出したものと、過去のものも引っ張り出してきました」

「もう一つは？」

「はい。それともう一つは、三年ほど前までの大きな事故や事件、災害、流行病の有無、それらの発生場所、被害がどれだけだったかを記したものです。命に関わるようなものは少ないものの、国全体で五つ発生しているとが分かるかと思います。以前私が視察に行った『セゼナ』の竜巻被害も、その一つです」

この説明の直後、ヴィンスは少し資料に目を通しただけで眉間にシワを寄せた。

何故この資料を一緒に渡したのか、ここから何が読み取れるのか、聡いヴィンスは直ぐに察しがついたらしい。

「ヴィンス様はもうお分かりだとは思いますが、この二つの資料には、大きな関連性があります。それは——」

「……災害や流行病が起これば、怪我をしたり病気になる者が急激に増える。……だろう？」

「はい。その通りです。だというのに、災害等が起こった月も、病院の薬代や患者が支払う治療費などが、平常時と同じように計上されているのです」

いくら国立病院以外の病院も存在するとはいえ、報告書どおり諸々の数字が平常時と変わらないなんてあり得ないだろう。

災害等が起こった月や、それからしばらくは病院の外来、入院、通院は段違いに増えると考えて間違いないはず。

「——つまり、セグレイ侯爵が提出したのは、虚偽の報告書であると……。そういうことだな」

「はい。一度だけならまだしも、三年間とも同じような報告書が上がっている時点で、意図的であると考えて間違いないかと」

（虚偽の報告書を上げた理由は大体察しがつく。……おそらくヴィンス様もそうでしょうね。けれど、不確定要素が多い今、口に出すべきではないわね）

そう考えて言葉を飲み込んだドロテアに、ヴィンスは自身の隣をポンポンと叩く。

おそらくここに座れという意味なのだろうと、ドロテアはヴィンスの隣にちょこんと腰を下ろすと、彼が口を開いた。

「ドロテア、一つ聞きたい。何故この報告書が虚偽であることに気付いたんだ？　病院の経営報告書だけならば、おかしなところはなかっただろう」

ドロテアはコクリと頷いてから、こうして調べるに至るまでの経緯を話すことにした。

「……そうですね。計上されている数字があまりに変動がなく、一律だったからでしょうか。何となく、この書類ならば文官が違和感を持たないのでは、という意図を感じたというか」

「なるほど。それで気になって仕方がなくて、調べ始めた、と。……本当にお前は見ていて飽きないな」

ふっと笑うヴィンスにキュンとする。よしよしと頭を撫でられて感謝の言葉を伝えられれば、ドロテアは無意識に顔を綻ばせた。

（……ヴィンス様や、この国の役に立てたのなら、嬉しいな。それに、頭を撫でられるの、気持ちい……って、ハッ！）

しかし、ドロテアは幸せに浸っている場合じゃないと、体ごと斜めにしてヴィンスに向き直った。

「まず、今後はこのような不正を見逃さないために、災害や流行病、大きな事故が起こった後は、その被害等と関連づいている事業の報告書などは再度確認すべきかと」

「そうだな。文官たちに今回のことを伝えるに当たり、今後の対策についてもきっちりと話を詰めよう」

「ありがとうございます……！　あの、話は変わるのですが、一つお願いがあるのです……っ」

報告書が虚偽であることをヴィンスに伝え、それが文官たちにも伝われば、ドロテアが率先して何かをする必要はないだろう。

ヴィンスや文官たちは大変優秀なので、病院の経営報告書が虚偽のものであるという物的証拠を摑み、何故不正を働いたのかを調べ上げるのはそう難しくないはずだ。

だというのに、ドロテアの心の中には気がかりが残っていた。

（……ルナさん）

茶会の時のルナの暗い――いや、何かに耐えているような表情が頭から離れなかったのだ。

ドロテアは、そんなルナの姿が過去の自分――家族や民のために尻拭いをしている時の自身に少しだけ似ている気がして、放っておけなかった。

「ドロテアが頼みとは……何だ？」

「……フローレンス様付きのメイドであるルナさんのことがどうにも気がかりで、少し調べたいのです」

「……危険なことをしないなら別に構わないが、どうやって調べるつもりだ？」

だからドロテアは、ルナに直接話を聞いて、何か困ったことはないかと、あるとするならば手を差し伸べてあげたいと思っていた。

（ルナさんはフローレンス様付きのメイド。おそらく多くの行動をフローレンス様《彼女》と共にすることになる……。とすると、ルナさんと二人きりで話せる機会はないに等しいわね）

――つまり、ルナに直接会わずして、彼女のことを知るしかない。

そうすると方法はかなり限られているのだが、ドロテアには一つだけ思い当たることがあったのだ。

「……ルナさんはフローレンス様に付いて、よくセグレイ侯爵家が経営する病院に行くことを確認済です。ですから、病院に聞き込みに行きたく――その許可を頂きたいのです」


一方その頃、セグレイ侯爵邸では。

「あー！　もう！　未だにムカつくわね！　ドロテア《あの女》のすました顔!!　ちょっとは動揺するなり声

を荒らげるなりしなさいよ!!　本当にムカつく!」

ソファに置いてあるクッションを床に投げつけながら怒るフローレンスの頭に過るのは、以前王城に行った際のドロテアとのお茶会の様子である。

フローレンスがあのお茶会に参加したのは、ドロテアを蔑むような言葉を使えば彼女が苛立ち、問題発言を引き出せるのではないかと思っていたからだ。

というのも、そのことをヴィンスに進言し、かつ侯爵家の権力を使えば、ドロテアを婚約者の座から蹴落とせるかもしれないと考えていた、のだけれど。

「あんなに平然とされてちゃ、折角お茶会に参加してあげた意味がないじゃない!　ヴィンス様の婚約者には、この私こそが相応しいのに!!」

——セグレイ侯爵家に生まれたフローレンスは、幼い頃から何不自由なく暮らしてきた。

服もアクセサリーも欲しいものは全て買ってもらえて、両親や使用人たちは皆甘く、望みは何でも叶ってきた。

獣人国レザナードには年頃の公爵家の令嬢が居なかったので、ヴィンスの婚約者——次期王妃は自分で間違いないだろうと、そう思って今まで暮らしてきたというのに。

「あんな小国出身の地味なただの人間がヴィンス様の婚約者ですって!?　何を言われてもニコリと笑うことしかできない無能そうな女が!?　……っ、そんなの有り得ないわ……!!」

——パリーン!

堪らずフローレンスがテーブルに置いてあったティーカップを床に投げれば、淡いピンクの絨毯の一部が濃く染まる。

辺りには細かく割れたティーカップの破片が飛び散り、部屋の隅で待機していたルナは、ホウキとちりとりを持つと直ぐ様フローレンスの近くへと駆け寄った。

「フローレンス様、お怪我は――」

「……っ、煩《うるさ》いわね!!　このグズが！　さっさと片付けなさいよ!!」

「……っ、はい」

フローレンスにそう言われたルナは、まずは危なくないようにティーカップの破片を集める。次に雑巾を持ってきて床を拭いていった。

床を這うようにし、てきぱきと掃除を進めるルナの一方で、フローレンスは足を組んでソファに座っている。

「ちょっとルナ！　モタモタしないでさっさとやりなさいよ！　あんたの母親を病院から追い出すわよ!?」

「申し訳、ありません。それだけは、ご容赦、ください」

ドロテアへの怒りが収まらずルナに八つ当たりしたフローレンスに対して、ルナは謝罪の言葉を漏らす。

フローレンスは「ハァ」とわざとらしく溜息を零した。

「今後何でも私の言うことを聞くって条件を呑む代わりにルナ《あんた》をメイドとして雇ってあげたけれど……ほんと役に立たないわね」

「…………申し訳、ありません」

もう一度ルナが謝罪すれば、ちょうど絨毯を拭き終わった彼女は掃除道具を持って立ち上がる。

すると、コンコンと聞こえるノックの音に、二人は視線を扉へと移した。

「フローレンス、少し話があるんだが――」

入室してきた父――侯爵に、フローレンスは「パパ！」と駆け寄ると、同時にルナは侯爵に頭を下げて部屋の隅へと下がった。

「ねぇパパ！　私やっぱり納得いかないわ！　あんな女がヴィンス様の婚約者だなんて！」

侯爵の言葉を遮ったフローレンスは、そのままの流れでドロテアへの不満を述べる。

頬を膨らませているフローレンスに、侯爵は目尻を下げた。

「そうだな、そうだな。陛下の妻にはあんな平民に下るような女ではなく、フローレンスのような気品を備えた女性が相応しい」

「…………。え？」

侯爵の発言に、フローレンスからは上擦った声が漏れる。

「パパ、今……平民って……」

「ああ。実はこの話をしに来たんだ。この前王城に行った際に、偶然文官の一人が陛下のものと思われる書類を落としたのが目に入ってな。そこには、ドロテア・ランビリスの生家は没落し、もう少しで平民になると書かれていた。そんな話は私の耳に届いていなかったから、おそらく秘密にしていたんだろうが。……良い情報だろう？」

その情報はフローレンスにとって、まさしく好機だった。

ドロテアの弱みを握ったフローレンスは、ニヤリとほくそ笑む。

「ふふ。大勢の貴族が集まる場所でこんなことが公になったら、あの女は終わりね」

「ああ。平民の女が国母になることを認めない貴族も現れるはずだ」

ドロテアを蹴落とす情報が手に入ったのは嬉しいが、だからといってこれでドロテアをヴィンスの婚約者の座から引きずり下ろせると決まったわけではない。

（……ま、大丈夫だろうけれど、一応保険を張っておかないとね）

フローレンスは普段から頭を働かせることが少ないのだが、それは思いの外、直ぐに思いついた。

（……そうだわ！）

フローレンスは高揚を抑えられないようで口元に弧を描くと、部屋の隅に居るルナにスッと視線を移す。

そして、床を見るようにして俯いているルナに、先程よりも数段柔らかな声色で話しかけた。

「ルナ。ようやくあんたが役に立つ時が来たわよ。あんたは私のおもちゃなんだから、せいぜい上手くやりなさいよね」

「えっ……」

ルナが顔を上げれば、見たことがないほど悍《おぞ》ましく笑うフローレンスの姿を視界に捉える。

そんなフローレンスの表情にゾッと背筋が粟立ったルナは、体を小刻みに震わせた。

第三十話 ✦ 婚約パーティー、開幕！

迎えた婚約パーティー当日。開始の約一時間前。

尻尾をブンブンと振って「可愛過ぎます……!!」と大興奮しているナッツを落ち着かせてから、ドロテアは自身の姿を大きな鏡で確認すると、感嘆の声を漏らした。

「……まあ！　今日は一段と自分じゃないみたい……。とっても綺麗にしてくれてありがとう、ナッツ！」

クセのある髪の毛はザクザクと編み込まれ、後ろで一つに束ねられている。

そこに金が真ん中に埋め込まれた、花の形をした髪飾りが着けられていて、華やかさが演出されているようだ。

イヤリングやネックレスもヴィンスの目と同じ金色のものだが、ゴテゴテとした印象はなく上品に見える。

ドレスにも胸元にキラリと光る金色の刺繍が施されていて、薄紫色の生地のおかげで可愛らしい。

華やかさ、上品さ、可愛らしさを兼ね備えた今のドロテアは、まさに主役に相応しい姿だった。

「とんでもないです！　私は少しだけ手を加えただけですっ！」

「そんなことないわ。ナッツは大天才よ！」

「きゅるるんっ！　そこまでお褒めいただくと照れてしまいますっ！　ふふ、因みに今日のコーディネートのタイトルは、『陛下の色に染まっちゃいました』です！　この姿のドロテア様を見たら、陛下はさぞお喜びになると思いますー！」

　確かにナッツの言う通り、今日は全身に金色が散りばめられているので、独占欲が強いヴィンスは喜ぶ気がする。

（男性が女性に自身の目の色のアクセサリーを贈るのは独占欲の表れで、それを身に着けるのは、その愛を受け取ると言っているようなもの）

　サフィール王国の建国祭の時はヴィンスから贈られた髪飾りを着けるのでいっぱいいっぱいだったが、今は違う。

　ヴィンスの色に包まれるのは気恥ずかしいけれど幸せで、ドロテアは無意識に頬を綻ばせた。

　――コンコン。

「ドロテア、入るぞ」

　ノックの音と聞き慣れた低い声にドロテアが「どうぞ」と返事をすると、正装に身を包んだヴィンスが入ってくる。

「か、格好良い……あ」

服装もさることながら、いつもと違い少し前髪を弄っているヴィンスの格好良さに見惚れて、ついつい感想が漏れてしまう。

しまった、と咄嗟に両手で自身の口元を覆うが、目の前まで歩いて来たヴィンスにその手を捕われてしまったドロテアは、目を泳がせた。

「少し額を出している方が好きなのか？　ドロテア」

ギュッと手を掴み、口元に弧を描くヴィンスとの距離は僅かに十センチ。

ナッツが居るから一旦離れてほしいと懇願しようにも、どうやらヴィンスと入れ替わりで退室していたらしくその姿はなかった。

もっともらしい理由を失ったドロテアは、おずおずとヴィンスを上目遣いで見つめて、口を開いた。

「いえ、その、額を出している男性に特段惹かれた経験はないのですが……その、ヴィンス様が髪型を変えていらっしゃるのが珍しくて……。何でも似合うと言いますか、何をしても格好良いと言いますか……」

——恥ずかしくて、頬が熱い。

そんな中で必死に言葉を紡げば、ヴィンスは一瞬目を見開いてから、薄らと目を細める。

そして、直後ヴィンスはドロテアの背中に腕を回した。

「褒められるのは光栄だが——その顔は反則だ」

「えっ」

「俺が贈った物を全身に着けて、いつにも増して美しい姿でそんな顔をされると、ずっとこの腕の中に閉じ込めていたくなる」

「……!?」

これが誂《あつら》えたような声色ならば良かったのに。

ヴィンスの声があまりに真に迫っていたものだから、ドロテアの心臓は煩いくらいに音を立てた。

「……っ、ヴィンス様……」

甘い空気が二人を包み込む。今から婚約パーティーに出席することで少し緊張していたドロテアだったが、ヴィンスに触れられたり、甘い言葉を囁かれたりすると、その比ではないくらいに心臓が素早く脈打つのだから困ったものだ。

そんな状態でヴィンスと見つめ合えば、どちらからともなく顔を寄せ合うのは必然というもので、そっと目を閉じようとした。

「……って、ヴィンス様、だめです！」

「……!?」

しかし、ハッとしたドロテアは勢いよく俯いて、腕の力が緩んでいるヴィンスから抜け出す。

こちらを怪訝な顔で見て「キスをしたいという顔をしているように見えたが」と不満を漏らすヴィンスに、ドロテアは慌てて言い訳を口にした。

「申し訳ありません、まだ私がヴィンス様に面と向かって思いを伝えられていないことに、たった今気が付きました。その、何事も順番は大切ですし……」

「それなら、今すぐ伝えてくれても構わないんだがな」

「面目ありません……。直接お伝えするには多大なる勇気と気合が必要でして……」

約一ヶ月半前。ドロテアはヴィンスに告白をしようと意を決したわけだが、ディアナの登場によりそれは叶わなかった。

それからは、フローレンスの発言のせいでヴィンスと一週間ほど気まずくなって告白する機会を無くした。

落ち着いたと思ったら、公務だったり、婚約パーティーの準備だったり、セグレイ侯爵家が経営する病院の虚偽の書類について調べたりと、多忙な日々が続いたせいで告白のことが頭から抜けていたのである。

（……言い訳ばかりをしていてはだめね。いつお伝えするか、決めないと）

ドロテアはキリッとした目つきを見せると、「あの」とヴィンスに話しかけた。

「今の今では勇気が足りないので……婚約パーティーが終わったら、ヴィンス様に思いを伝えさせてください。……今夜、絶対にお伝えすると、約束いたします」

数時間後に告白をしますよと伝えるのも中々恥ずかしい。けれども、ずっと待たせるわけにはいかない。

頬を真っ赤にするドロテアの耳元に、ヴィンスは顔を寄せた。

「分かった。それなら、楽しみは今日のパーティーが終わった後に取っておこう」

「っ、ありがとう、ございます」

返答はありがとうございます、で合っているのだろうか。

それさえも分からないほど動揺しているドロテアに、ヴィンスは楽しそうに微笑む。

「さっきのドロテアの言い分だと、お前が告白できれば、キスをしても良いんだろう？」

「……っ、それは、そのようにも、捉えられますが、あの」

「もちろんドロテアの愛の告白は楽しみで仕方がないが——何度も何度も寸止めを食らったんだ。一度や二度のキスでは終わらせないつもりだから、今から覚悟しておくんだな」

「～～っ！」

こんなことを言われて、婚約パーティーに集中できるだろうか。

そんな懸念を抱きながらも、窓から見える黄昏にそろそろ会場に向かわなければと、ドロテアは頭を切り替えた。

今回の婚約パーティーは、普段ドロテアたちが暮らしているのとは別棟で行われる。

広大な王城の敷地内を徒歩だけで移動するのは困難なため、ドロテアはヴィンスと二人、馬車に乗ってパーティー会場へと向かっていた。

（さて、もう少ししたら会場に来賓の方たちが揃う頃かしら）

先程まで茜色だった空が、少し薄暗くなっている。薄ら見える月は綺麗な丸い形をしていることから、今日は満月だろうか。

外を眺めていたドロテアだったが、会場が近付いてくるとパッとヴィンスへと視線を移した。

「改めて、病院に行くことを許可してくださりありがとうございました。皆様初めはあまり話してくださらなかったのですが、病院のためだからとお願いしたら、勇気を出して話してくださいました」

「それは、ドロテアが真摯にその者たちと向き合ったからだろう。それに、むしろ俺が礼を言いたいくらいだ。ドロテアの情報の中には有益なものが多かったからな」

「そう言っていただき、恐縮です」

ドロテアが軽く頭を下げれば、ヴィンスが長い脚を組み替えた。

「――ついに、今日だな」

「はい。ハリウェル様を含め、数名の騎士の方は既に向かわれているのですよね？」

「ああ。事前の調べであいつの屋敷にはかなり腕のたつ用心棒が居るようだからな。ハリウェルを行かせたほうが被害が少なくて済む」

「確かにそうですね」

その会話を最後に、ゆっくりと馬車は止まる。

するとヴィンスは、思い出したように「あ」と呟いた。

「ドロテア、内容は言えないが、今日一つ驚くことが起こるぞ」

「えっ。何かあることだけ教えてくださるのですか？」

「驚きで倒れられたりしたら困るんでな。念のためだ」

「……なるほど」

（一体何でしょう……）

気にはなるが、ヴィンスは意味のないことはしない。

きっと隠していることは何か意味があるのだろうと、ドロテアはその疑問を頭の隅に追いやってから、ヴィンスと共にパーティー会場へと足を踏み入れた。


「ドロテア、行くぞ」

「はい、ヴィンス様」

緊張から、ヴィンスと絡めた自身の腕に無意識に力が入る。

ギィ……と音を立てて会場の扉が開けば、その先にあるのは、サフィール王国の建国祭会場の二倍はありそうな広大なパーティー会場だ。

煌びやかなシャンデリアや、生き生きとした薔薇の花が置かれたテーブル、会場の端に待機する一流の音楽家たち。

城の皆に手伝ってもらってでき上がったこのパーティー会場に足を踏み入れたドロテアは、達成感のようなものが込み上げた。

（皆様には本当に感謝しかないわね。……さて、今度は私が頑張らないと）

今日のパーティーは、獣人国の貴族たちにヴィンスの婚約者であるドロテアをお披露目することが目的である。

ヴィンスの顔に泥を塗るようなことはできないからと、ドロテアはやや張り詰めた様子でヴィンスと共に入場した。

「此度の婚約パーティーは――」

そのすぐ後、ヴィンスの開催の挨拶が行われた。

ドロテアは獣人国に来てからこういう公の場で貴族たちと顔を合わせたことがなかったので、ヴィンスの隣に立った時に貴族たちがどんな目を向けてくるかが不安だった。

だが、概ね批判的な視線は感じないので、ドロテアはホッと胸を撫で下ろす。

（良かったわ……少し安心ね）

「婚約者を紹介する。彼女はドロテア――」

それからドロテアは、ヴィンスに婚約者として紹介され、自ら軽く貴族たちにカーテシーを披露し、パーティーに参加してくれたことへの礼を述べる。

皆の反応に固唾を呑んだのは一瞬で、温かい拍手を送られたドロテアは体から緊張を解いた。

「皆、今日は盛大に楽しんでくれ」

そして、ヴィンスの声で開幕の挨拶は締め括られ、一同は各々パーティーを楽しみ始める。談笑を始める貴族たちを見てから、ドロテアはそっと隣のヴィンスに視線を移した。

ヴィンスは既にこちらを見ていたのか、スッと細めた彼と目が合い、ドロテアの心臓はドキリと脈打った。

「緊張は解けてきたか?」

「は、はい。おかげさまで」

「ふっ、それなら良いが。しばらくは多くの者が挨拶に来て大変だろうから、疲れたらすぐに言え。良いな?」

「はい。ありがとうございます、ヴィンス様」

社交の場でも相変わらず気遣ってくれるヴィンスに胸がキュンとして、ドロテアは少し緩んだ笑みを見せる。

すると、ヴィンスはそんなドロテアの耳元にそっと顔を近付けて囁いた。

「……こら、そんな可愛い顔で笑うな。皆がお前に見惚れる」

「~~っ!? ヴィンス様、ここでそんなことを言ったら……!」

ドロテアは周りにいる貴族たちにバッと視線を送る。こちらを凝視していた貴族たちが一瞬にして目を背ける姿に、ドロテアはやっぱりと顔を赤らめた。

「たとえ囁き声でも、獣人の皆様には会話が聞こえるのですから、ああいうことを言うのはおやめください……！」

「周りの声が聞こえるのは獣人にとって当たり前のことだから、誰も気にしていないだろう」

「うう……。そう思っているのはヴィンス様だけです……」

見れば見るほど顔を赤らめる周りの貴族たち。挨拶に来ても「本当に仲がよろしいようで……」と言って耳や尻尾が大きく揺れる姿から、確実に意識されているに違いない。

（いや、祝福してくださるのは嬉しいのですけれど、それにしたって恥ずかしい……っ）

惜しげもなく愛情を注いでくれることは嬉しいし、ドロテアもヴィンスのことを愛してやまないわけだが、周りの素直な反応にしばらく体の火照りが収まることはなかった。

「お義姉様……！　今日もとてもお美しいですわ……！」

半数程度の貴族との挨拶を済ませた後、そう言って駆け寄ってきてくれたのはディアナだった。

その斜め後ろにはラビンの姿があり、どうやら共に行動しているらしい。

ドロテアの両手をぎゅっと握り締めて満面の笑みを浮かべるディアナに、ドロテアの心臓はギュンッと激しく高鳴った。

「ありがとうございます。ディアナ様もとてもお美しいですわ……！　鮮やかなミントグリーンのドレスに、艶やかな黒髪とお耳と尻尾が映えて……大地の妖精のようです」

ドロテアが恍惚とした表情でそう言うと、ディアナの後ろで力強く頷くラビン。

そんなラビンを見たヴィンスは、「頷くだけじゃなくてお前が言え」と小さな声でぽつりと呟いた。ドロテアに夢中になっているディアナと、ディアナに夢中になっているラビンには、そんな声は聞こえなかったのだが。

「そんなことありませんわ……！　お義姉様のほうがとびきり美しいです！　こんな素敵なお義姉様を持てて……私、幸せですわ……」

「ディアナ様……私も、とても幸せです」

「ふふっ、相思相愛、ですわねっ！」

嬉しそうにそんなことを言うディアナがあまりに可愛過ぎて、ドロテアだけでなくラビンも悶えたのは言うまでもない。

ディアナと別れてから残りの貴族たちと挨拶を済ませると、次はダンスが始まろうとしていた。

ファーストダンスのワルツを踊るため、ドロテアはヴィンスに差し出された手を取る。

「ドロテア、多少失敗してもカバーしてやるから、楽しもう」

「はい……！」

バイオリンやピアノの軽やかな演奏が流れる中で、ドロテアはヴィンスとステップを踏んでいく。

練習のおかげだろう。あまり緊張することなく、周りとの距離を測る余裕もあったドロテアは、近くで踊るディアナとラビンを横目で見る。ふふっと微笑んで、ヴィンスを再び見上げた。

「ディアナ様、ラビン様と踊れてとても楽しそうですね」

「ああ。ラビンは緊張で今にも気絶しそうな顔をしているがな。……そろそろあのヘタレはどうにかならないものか」

「きっと緊張しているのですわ。パーティーが終わったら、お話をなさるんですよね？」

ディアナから、「婚約パーティーの後に話があるって、ラビンに言われましたわ!?」とドロテアは事前に報告を受けていた。

きっとラビンだけではそんな勇気は出せない。おそらくヴィンスが一枚噛んでいるのだろうと、ドロテアは確信を持っていたため、問いかけたのである。

「ああ。これだけお膳立てしたんだ。流石にちゃんと伝えるだろ」

「ふふ。後日ディアナ様からお話を伺うのが楽しみです」

にこりと微笑みながら、ヴィンスと共にターンをするドロテアは、もう一度会場内を見渡す。

（良かったわ……。挨拶も問題なく済んで、ダンスも順調。会場内で大きなトラブルもなさそうね。それに何より……）

緊張が解けてくると、ダンスの際に揺れる獣人たちの耳や尻尾を見る余裕ができてきて、ドロテアは幸せな気持ちに包まれた。

（ああ、虎の獣人さんに、犬の獣人さん……。パンダの獣人さんに、ハムスターの獣人さん……。皆素敵で、もふもふしたい……！）

表情には一切出さず、内心で大興奮しているドロテアだったが、ヴィンスから「余所事を考えているだろう」と指摘されてしまう。

「何故分かるのですか？」とドロテアが尋ねれば、ヴィンスは片側の口角を上げてニヤリと微笑んだ。

「好きな女の考えていることくらい簡単に分かる」

「……っ、ですから、おやめください……！」

その後、突然ダンスが乱れる貴族たちに、ドロテアは居た堪れず、少しの間俯いた。

第三十一話　赤ワインと薄紫色のドレス

ダンスタイムが終わると、ディアナは少し休憩してきますわ、とラビンをお供にして控室へと歩いていった。

他の貴族の多くは再び談笑を始め、そんな彼らの様子をヴィンスの隣で見ているドロテアは、『セゼナ』に視察に行った際お世話になった、コアラの獣人のユリーカが目に入った。

（パーティーが始まって直ぐに挨拶に来てくださったけれど、今度は私から話しかけてみようかしら）

視察の後のレーベやフウゼン染めについては報告は受けているものの、領主であるユリーカに直接話を聞いてみたい。

そう思ったドロテアが、ヴィンスにその旨を伝えようと思っていた時だった。

「陛下、会場の外に到着されたようです」

「ああ、分かった。ご苦労」

側近の一人がヴィンスにそう声を掛けたことで、ドロテアは何度か目を瞬かせた。

「ヴィンス様、どなたが到着されたのですか？」

側近を下がらせたヴィンスに尋ねれば、彼は一度考える素振りを見せてから、口を開いた。

「…………ああ、知り合いがな」

「……？」

言葉に間がある。それにこの濁し方は、あまり聞かれたくないのだろう。

ドロテアはそれ以上問うことはせずに口を噤むと、ヴィンスが申し訳無さそうに眉尻を下げた。

「すまないドロテア、少しだけ会場を離れても大丈夫か？」

「……そのお方を出迎えに行く、ということでしょうか？」

「そうだ。本来ならパーティーの開始までにはいらっしゃるはずだったんだが、おそらく道中のトラブルか何かで遅れたんだろう。あの方を一人で入場させるわけにはいかないからな」

「挨拶も済んでいますし、そういうことでしたら、もちろん構いません」

国王であるヴィンスがわざわざ出迎えるとは一体相手は誰なのだろう。現時点でパーティー会場に有力貴族は大勢集まっているし、今日は他国の王族等を迎える予定はなかったはず。

(うーん、気になる。けれど、さっき言葉を濁された以上、もう一度聞いてもきっと答えは返ってこないわよね……)

ヴィンスは無駄なことはしない。言えないなら言えないなりの理由があるはずだし、彼の言葉遣いからして、その来賓がそれ相応の立場であることは間違いない。

「直ぐに戻る。悪いが、少しだけ待っていてくれ」

「はい。お気を付けていってらっしゃいませ」

だからドロテアは、疑問は一旦頭の隅に追いやって、ヴィンスの背中を見送った。

——そしてその後、ドロテアはユリーカに話しかけようと足を踏み出した、のだけれど。

「……あの、ドロテア様」

ドロテアはとある人物に声を掛けられる。その聞き覚えのある声に一瞬驚きながらも、冷静な表情に直ぐに戻してから振り向いた。

「ルナさん……じゃない、ルナ様。ごきげんよう」

右手に赤ワインが入ったグラスを持った、フローレンス付きのメイド、ルナである。

今回の婚約パーティーは国中の貴族に招待状を送ってあったので、彼女がパーティーに来ていることはおかしなことではなかった。

ただ、ドロテアは事前にパーティーに参加する貴族たちの一覧を見るにあたって、ルナが参加することには驚いたものだ。

彼女の生家——シーリル男爵家は困窮しているため、敢えて社交界には参加しないと思っていたからである。

「ルナ様、今日はご参加いただきありがとうございます」

しかし、それを態度に出しては失礼だ。ドロテアはいつものように冷静に、そして美しいカーテシーを見せる。

続いてルナもカーテシーを見せれば、そんな彼女にドロテアはふわりと微笑んだ。

「今日のパーティー、楽しんでいただけていますか？」

「は、はい。それは、もう……」

「そうですか。それは何よりですわ」

笑みを浮かべながらも、ドロテアはどこか元気のなさそうなルナをじっと観察する。

流行遅れの赤色のドレス。体形に合っておらず、やや彼女には小さいように見受けられる。

このパーティーに参加するために、ドレスを準備しなければならず、急ぎ揃えたのだろうか。

（もしくは、誰かのお下がりをもらったか）

「ルナ様は今日はお一人で？」

「は、はいっ。……その、どうしても、陛下の婚約者であられるドロテア様に、お話ししたいことがありまして……」

元気がない、どころか何かに怯えるようにして言葉を吐き出すルナ。フローレンスの給仕をしている時も、どこか不安そうな、苦痛に耐えるような様子はあったが、今日の姿はその時の比ではなかった。

体の震えが伝達し、彼女の手にある赤ワインも僅かに波打っている姿は、自ら望んでパーティーに来たようには思えない。ドロテアの頭にはとある考えが浮かんだ。

（もしかして、ルナ様は強制的にこの場に来るよう言われている……？　その人物にドレスも準備してもらった……？　そうだとして、じゃあ理由は……？）

その人物については簡単に思いつくが、如何せん理由が分からない。

しかし、ルナの様子からして何かに怯えていることは間違いなかったので、ドロテアは彼女に少し近付くと、覗き込むようにして「大丈夫ですか？」と尋ねた。

「……っ」

そんなドロテアの問いかけに、ルナは息を呑んでビクリと体を震わせる。

その直後、事件が起こった。

「近寄らないでください……！」

ルナが大声でドロテアを拒絶した瞬間、彼女は右手に持っている赤ワインが入ったグラスを思い切り傾け、そこから零れたワインはドロテアの薄紫色のドレスの一部を赤く染め上げた。

「え……っ」

大勢が集まるパーティーで、そんなルナの行動は目立ち、ルナがドロテアにワインを掛けたとして、近くに居た貴族たちにざわつきが広がっていく。

「……っ、ルナ様」

明らかにわざとだろうルナの行為に対し、ドロテアは対応に困り、ルナの名前を呼ぶことしかできなかった。

（どうして、こんなことを）

カタカタと全身を震わせ、泣きそうな顔をしているルナが、自身の意思でそんなことをしているとは到底思えなかった。だが、ルナの意図が読めない以上、ヴィンスの婚約者としてドロテアは変な対応をすることはできない。

周りの貴族たちにざわつきが広がっていく中で、ドロテアはルナを観察するように見つめる。

すると、ルナは真っ青な顔を上げ、酷く怯えた瞳でドロテアを見つめてから大きく息を吸い込んだ。

「あっ、貴女のように、もうすぐ平民に下るような女には、今の姿がお似合いよ……!!」

「……！」

そして、ルナのそんな発言の直後。ルナの後ろ側――少し離れたところからこちらを嘲笑うような表情で見つめているフローレンスに、ドロテアは想像がついた。

（なるほど。……あの様子だと、やっぱりフローレンス様がルナ様を強制的にこのパーティーに参加させたのね。……その目的はフローレンス《自分》様の代わりにドロテア《私》にワインを掛けて恥をかかせること。それと、どこからか手に入れた私が平民に下るという情報をルナ様に吐露させ、私を陥れること）

ドロテアが平民になるという情報は、おそらくセグレイ侯爵が手に入れたのだろう。王城に割と出入りしている侯爵ならば、有り得ない話ではない。

そして、侯爵はその情報をフローレンスに伝えた。

フローレンスはヴィンスに好意を抱き、ドロテアのことを敵対視している。そのため、この情報を使ってドロテアを陥れようと考えたと想像するのは難しくなかった。

（ルナ様を使ったのは、フローレンス様が自らの手を汚さないため。現状、私への不敬で罰せられるとすれば、ルナ様だものね）

ドロテアは一瞬の間にそこまで考えを巡らせると、周りの貴族たちが「ドロテア様が平民になるのか？」「本当なのかしら？」「そうだとしてもワインを掛けるのはまずいわよ」と、ひそひそと話していることに気付く。

（……いけない。とりあえずこの場を落ち着かせなきゃ）

そんな中、ドロテアとルナに近付いてきたのは、わざとらしくコツコツとヒールの音を立てて、ギラギラとした金色のドレスを靡かせて歩くフローレンスだった。

「あら～。ドロテア様大丈夫ですか？　せっかくの綺麗なドレスがワイン塗れですわね」

愉悦を浮かべて登場したフローレンスは、ドロテアと向かい合っているルナの隣でピタリと足を止める。

言葉だけは心配の素振りを見せているフローレンスだが、その声も顔も、愉快と言わんばかりのものだった。

そんなフローレンスに、ドロテアは淡々と答えた。

「……フローレンス様、ご心配痛み入ります。しかし、このドレスの生地は染み抜きがしやすい素材ですから、問題ございません」

「は？　……へ、へぇ？　そうですの？　それは良かったですわね！　って、そんなことよりも！　まさかドロテア様が平民に下るだなんて聞いてびっくり！　本当ですのぉ？」

ニヤリと口元に弧を描いて、問いかけてくるフローレンス。

彼女が、「ルナはどこからそんな話を聞いたのかしら？」「皆様はこんなこと知っていらしたの？」なんて饒舌に話す姿は、心底楽しそうに見えた。

「ええ、本当のことですわ」

そんな中で、ドロテアは端的に受け答えをする。

より一層ニヤリと笑みを浮かべるフローレンスの一方で、その隣に居るルナは全身をカタカタと震わせ、俯いていた。

「あらっ！　ではドロテア様はヴィンス様の婚約者だというのに、平民になってしまわれるのですか⁉　まあっ！　それは大変ですわ～！　歴代に平民の妃なんて居たかしら～？」

「………………」

口を噤むドロテアの顔から、彼女のドレスのシミに、フローレンスは視線を移す。

「ふふっ。けれど確かに、平民になる方には今のドレスがお似合いだわ～！　あらやだ、私ったら失礼かしら！　おほほほほっ！」

「そんなことはないさ、フローレンス！」

高笑いするフローレンスに同意するように現れたのは、先程まで少し離れたところに居た彼女の父、セグレイ侯爵だった。

侯爵はフローレンスの傍に寄ると、ドロテアに対して厭らしく笑ってみせた。

「失礼だが、ドロテア嬢。今後平民となるような貴女に国母が務まるとは、到底私には思えないのだがね」

「ちょっと、パパ！　そんなこと言ったらドロテア様が泣いちゃうわよ～！　可哀想じゃない！」

「どうせ直ぐに平民になる彼女を心配してやるだなんて、フローレンスは優しいなぁ！　やはり妃には、お前のほうが相応しいと私は思うんだがなぁ！」

「…………」

ニヤニヤニヤ。これ以上ないくらいに悦に入って会話をするセグレイ侯爵親子を、ドロテアはただじっと見つめている。

もちろん、二人に対して不敬だと言うことは可能だが、ドロテアには、強い決意があったからだ。

（私はたとえ平民になろうと、それでも認めてもらえるような王妃を目指したい。ヴィンス様の隣でこの国のために尽くしたいという気持ちは、セグレイ侯爵閣下たちに何を言われたって揺らぐことはないわ）

だから、ドロテアはここで何か反論するよりも、能力で、成果で、自身がこれからもヴィンスの側に居ることを貴族たちに認めてもらわないといけないと考えた。

（……だから、私がすることは。伝えることは――）

ドロテアはドレスを両手で摘まむと、フローレンスたちと不安げな周りの貴族たちに対して、美しいカーテシーを披露してみせた。

「……確かに私は、平民という立場になります。その事実は、皆様に不安を与えるかもしれません。……けれど、この国をより良くしたいという気持ちは何ら変わりません。ですから皆様、至らない私ではございますが、これからもご指導ご鞭撻のほど、よろしくお願いできればと存じます」

この国のために尽くしたいという気持ち。皆と共に、この国をより良いものにしたいという気持ちを言葉に込める。

――すると、直後。

周りの貴族たちの反応は、先程とは大きく変わったのだった。

「まあ、ドロテア様ならたとえ平民でも問題ないと思うな」

「そうよね。ドロテア様が優秀でいらっしゃることは、既に貴族たちの間では有名だもの。確かこの前のフウゼン染めについても解決したのはドロテア様なのでしょう？」

「ええ、そうなのよ。ドロテア様が来てから国の細やかなところにも整備や支援がより行き届くようになったし、それにあの陛下が認めた方なのだから、平民でも問題ないと思うわ！」

最後の発言は、ユリーカだ。そんな貴族たちの声は、ドロテアの耳にもしっかりと届いた。

「皆様……」

今での頑張りが貴族たちに知れ渡っていることに驚くと同時に、認めてもらえていることにドロテアは涙が出そうになる。

けれど、それを必死に堪えて再び皆に向かって何度も頭を下げた。そんなドロテアに悔しそうに顔を歪めたのはセグレイ親子だった。

「……な、何よ、この空気は……！」

「……くっ」

顔を上げれば、ドロテアの視界に映るのはフローレンスたちの悔しそうな顔だ。予想とは違う展開に苛立っているのだろう。

（……けれど、これで今日のパーティーでは大人しくしているでしょうね）

セグレイ親子はこれでも侯爵家の人間で、立場がある。周りの貴族たちがドロテアが平民でも構わないと言っている中で、これ以上悪目立ちはしたくないはずだ。

「お、おほほほほ！　さすがドロテア様ですわ～！　優秀でしたら平民でも構いませんわよね！　さ、先程のことは冗談ですのよ？　分かってくださいますわよね？」

「そ、そうだ！　先程の発言は冗談だったのです、ドロテア嬢！」

「……なるほど、冗談ですか」

現に、自分たちの言葉は冗談であったと、フローレンスたちは声を大にして言う。

それが嘘であることはドロテアには容易に分かったけれど、パーティーが円滑に進む方が重要だろうと、ドロテアはフローレンスたちの嘘を飲み込むつもりでいたというのに。

「ちょっとルナ！　あんたがドロテア様にワインを掛けて、あんなことを言うから騒ぎになったじゃない！　どう責任を取るつもりなの!?　意図的にドロテア様に恥をかかせるなんて、あんた牢獄行きは確定よ！」

保身のためか、周りの貴族たちの注意を逸らしたいのか、フローレンスはセグレイ侯爵と共にルナから距離を取ると、ルナに向かって指をさす。

ドロテアのことを慮っていると思わせるような発言でフローレンスはルナを責め、ルナの顔はサアッと青ざめた。

「……っ、申し訳ありません……っ」

ルナはドロテアに向かって、深く頭を下げる。言い訳もせず、ただひたすら。

（ルナ様……っ）

その姿はとても痛々しく、ドロテアは胸が締め付けられた。

同時に、「こんな最低な女を雇って失敗だったわ！」「本当にそうだな！　もう解雇だ解雇！」などとルナを責め続けるセグレイ親子に、ドロテアの脳内ではプツン、と何かが切れる音が響いた。

「……許せません」

ドロテアは俯き、冷たい声色でそう呟く。

　これ以上、パーティーで問題を広げないほうが良いということは分かっていても、ルナが陥れられているこの現状に、もう我慢ならなかった。

「そ、そうですわよね！　ルナのこと許せま――」

「フローレンス様、何を仰っているのですか」

「えっ」

　ドロテアは顔を上げて、鋭い眼差しでフローレンスを捉える。

　そして、素早く目を瞬かせるフローレンスに向かって、こう言い放った。

「私はフローレンス様に言っているのですよ。ルナ様を騙し、命令に従わせている、貴女に」

「……なっ」

「だ、騙す……？」

第三十二話 ✦ 猫ちゃんに鉄槌

ドロテアの言葉に、ルナの瞳の奥がゆらりと揺れる。

騙された覚えがないため、困惑しているのだろう。

「な、なんのことだか！」と焦った表情で話すフローレンスに、ドロテアは淡々と話し始めた。

「まず、ルナ様がお母様の入院代を工面するために、フローレンス様は彼女をメイドとして雇ってあげているのですよね？」

「え、ええ！　そうよ！　優しいでしょ!?」

「そうですね。それが本当ならば。……けれど、実際は違います。ルナ様のお母様はかなり前から、退院できるほどに症状が改善していたではありませんか」

「……！　そ、それは……」

目を泳がせるフローレンスの一方で、「どういうことですか……!?」とルナは声を荒らげる。

ドロテアはルナに近付いて彼女の肩に手を置き、「落ち着いてください」と声を掛けてから、話を続けた。

「実は以前、ルナ様のお母様が入院されている病院に行ったのです。その際、看護師の方々に話を伺うことができたのですが……。複数人から、ルナ様のお母様は退院できる状態のはずという証言を得られました」

「……！　そ、そんなのは看護師たちのただの戯言じゃない！」

「いえ、一部の看護師の方は、フローレンス様がルナ様のお母様の入院を長引かせるよう、セグレイ侯爵に頼んでいる会話も聞いたと」

「……っ、そ、そんなことは……その……」

明らかに狼狽するフローレンス。額には汗が滲んでいて、口はきゅっと結んでいる。

信じられないというような目でフローレンスを見るルナに一瞥をくれてから、ドロテアは再びフローレンスに視線を戻した。

「そうまでして、自分の言う事に絶対服従する存在を手放したくなかったのですか？」

「……ち、ちが、えっと……」

「それと、フローレンス様が時折ルナ様を連れて病院に行った際、看護師の方々はこんな声も聞いたそうです。本当に使えない、母親が入院できるのは誰のおかげだと思っている、私の命令に一度でも背いたら母親を病院から追い出してやるわ、この愚図、と。……何度も何度も、聞いたそうです。……フローレンス様は、ルナ様を騙して思いのままに操るだけでなく、そうやって、ルナ様を蔑み、傷付け続けてきたのですね」

怒りと悲しみ。ドロテアはどちらとも取れる声色でそう告げた。

そんなドロテアの一方で、フローレンスはこのままではまずいと思ったのか、セグレイ侯爵に「パパァ！」と猫撫で声を出してしがみついた。

すると、口を噤んでいたセグレイ侯爵がドロテアを鋭い目つきで睨みつけた。

「ルナの母親の入院のことも、フローレンスがルナを蔑んでいたことも、全て噂程度の話じゃないか！　証拠はあるのか!?」

「セグレイ侯爵閣下、話は最後まで聞いてください。私はただ看護師の方たちの話を聞いただけで、こんなことを言っているわけではないのです」

「……！　何を……」

ドロテアはその言葉を最後に、再びルナに視線を移す。

そして、ルナの震える冷たい手をぎゅっと両手で握りしめた。

「実は昨日、密かに別の病院にお勤めの複数のお医者様に、ルナ様のお母様の容態を見ていただきました」

「「は!?」」

合わせたように声を上げるセグレイ親子に一瞥もくれることなく、ドロテアはルナを見つめ続ける。

「……！　ドロテア様、それで、母は……っ」

「はい。もうすっかり元気だそうですよ。今は手元にありませんが、回復した旨の診断書も書いていただいています。ですからルナ様、安心してくださいね」

「……っ、うっ、うわぁぁ……っ」

その瞬間、ルナは安堵で泣き崩れる。

「ルナ様……今まで、お母様の……いえ、お母様を含めたご家族や、領地の民の生活のために、よく我慢しましたね」

「……っ、ドロテア様……！」

ドロテアは膝をついて、彼女の背中をポンポンと優しく叩いて慰める。

その一方で、周りの貴族たちからギロリと鋭い目つきを向けられたフローレンスは、まるで蛇に睨まれた蛙のようだ。

しかし、フローレンスに同情の余地はない。

それに、ルナの今後のためにまだ聞かなければならないことがあると、ドロテアはルナに優しい声色で問いかけた。

「ルナ様はフローレンス様に脅されて、私にワインを掛け、私が平民になることを言わされたのですね？」

「はい……っ、言うことを聞かないと母を病院から追い出すと言われて……。その場には、侯爵様もいらっしゃいました……」

「……分かりました。教えてくださって、ありがとうございます。それと、安心してくださいね。ルナ様が罪に問われるようなことには、絶対になりませんから」

ドロテアの言葉に、ルナはより一層安堵の表情を浮かべた。

だが、それに相反するように、セグレイ親子の顔色はまるで青い絵の具で塗られたかのように、血の気がなくなっていく。

（獣人の皆様は家族を、仲間を大切にする。……だからきっと、フローレンス様がルナ様にしたことを、それを許容し、いえ……協力したセグレイ侯爵を、嫌悪するでしょうね）

おそらく、今後の家同士の付き合いというのも変わってくるだろう。

セグレイ侯爵がこれまでと同じように、他家と関わりを持って仕事をしていくのは、もう難しいに違いない。

（それもこれも因果応報。せめて、ルナ様の気持ちが少しでも癒やされるよう、謝罪をしてくださると良いのだけれど）

しかし、そんなドロテアの願いも虚しく、セグレイ侯爵はフローレンスを守るように自身の後ろにやると、ルナに対してへらっと笑ってみせた。

「いやー、すまなかったね、ルナ！　少しフローレンスのおちゃめが過ぎたようだ」

「はい……？」

あまりにルナを馬鹿にしたような発言に、ドロテアからは乾いた声が漏れた。

ルナは悔しいのか、眉間にしわを寄せている。

「確か、君の生家は困窮しているんだろう？　それを私が支援して助けてやる代わりに、今回のことは水に流すというのでどうだ？　良い話じゃないか？」

「……っ、なんですか、それ……っ」

そう言ったルナの瞳には、今度は悔し涙が浮かぶ。

――そんなルナの姿を見たドロテアの脳内には、またもやプツンと何かが切れた音が響いた。

「その支援は、病院の利益を着服したお金から支払われるのですか？」

「……な、何故そのことを……!?」

「ちゃ、着服って何よ、パパ！」

セグレイ侯爵は自身の発言にハッとして、口元を手で覆い隠す。

何故そのことを、なんて、もはや罪を認めたのと同義だからである。

対して、フローレンスは侯爵に「着服って何なの!?　パパ、どういうことなの!?」と詰め寄っており、その真に迫る姿は演技だとは思えなかった。

（フローレンス様がよく病院に足を運んでいたのは、侯爵令嬢として患者さんたちを心配して……というていのはず。実際は患者さんに声をかけることは殆どなく、ルナ様に文句を言ったり、忙しくてあまり家に居ないセグレイ侯爵に欲しいドレスやアクセサリーをおねだりしていただけなのだけれど。……今のフローレンス様を見る限り本当にそれだけで、着服とは無関係のようね）

ドロテアが着服の件を話題に出したことで、またもやざわつき始める貴族たち。

額に脂汗をかいて「なっ、なんのことだかさっぱり！」と今更しらを切るセグレイ侯爵と困惑の表情を浮かべるフローレンス。

ドロテアはルナの手を摑んで彼女と共に立ち上がると、セグレイ侯爵に淡々とした声で話を切り出した。

「ここ三年ほどですが――」

大きな災害等が起こった月も、国立病院の薬代や患者が支払う治療費などが、平常時と同じように計上されていること。

それをおかしいと感じ、王城に提出された書類は改ざんされたものなのではないかと考えたドロテアが、国立病院の経営について調べていたこと。

それらのことを説明すると、焦点の定まらない目をしているセグレイ侯爵は、浅い呼吸を繰り返していた。

「そして、先日病院に行った際、興味深い話を聞いたのです」

ギクリとするセグレイ侯爵。ドロテアはそんな彼に対して、冷静な声色で話し続ける。

「病院の経営に関わる資料の全ては、病院ではなくセグレイ侯爵家の貴方の部屋に保管されている、と。おそらく、自邸で資料を改ざんするためですね。王城に提出するための虚偽の資料を作るのは、元々病院で作成された資料が手元にないとできませんから」

国立病院の責任者こそセグレイ侯爵だが、病院自体は国のものだ。そのため、利益の一部は国費に回される。

しかし、利益が多かった月でも、それを通常時と同じように計上して提出すれば、その差額がセグレイ侯爵に入る。

結果として、セグレイ侯爵家は国のお金も手にすることによって、より贅沢な暮らしができるようになるのだ。

「……っ、ち、ちがっ、私は自分の部屋じゃないと、仕事が手につかない質で……！」

「そうですか。……なんにせよ、閣下の部屋から改ざん前の資料と改ざん後の資料が見つかれば、どのような言い訳も通じません。それが見つかり次第、セグレイ侯爵家の私財についても、徹底的に調べさせていただきます」

「そ、そんなぁ……!!」

その瞬間、セグレイ侯爵は膝から崩れ落ちた。

資料の改ざんと病院の利益の一部を着服したことが明らかになれば、罪に問われることは分かっているのだろう。

「因みに、事前に通達すれば証拠を隠滅する恐れがあるため、現在セグレイ侯爵邸には私の護衛騎士であるハリウェル様含め、複数の騎士と文官の方々が証拠資料の捜索に出向いています。あと数時間もすれば、城へ持ち帰るでしょう。この捜索はヴィンス様の指示です」

「つ、つまり、陛下もご存じなのですか……!?」

「はい。民の健康と心の支えでもある病院の利益で私腹を肥やしていたセグレイ侯爵閣下に、ヴィンス様は大変お怒りですわ」

民のために身を粉にして働かなければならない貴族が私腹を肥やしていたなんて、ヴィンスが許すはずはない。

ドロテアの発言に、フローレンスもカクンと膝を折るようにして床に崩れ落ちた。同時に、尻尾と耳も力なく垂れていく。

「パパァ……! 私たちこれからどうなるの……っ」

「すまない……。すまないフローレンス……」

獣人国の法律では、着服、つまり横領は大罪である。

今まで着服していたお金を国に返還することは大前提だ。金額や罪を犯していた期間にもよるが、おそらく爵位の剝奪は免れないだろう。

フローレンスはこの件を知らなかったことが立証されれば、おそらく平民になるだけだが、もしかしたらセグレイ侯爵は強制労働の罰も科せられるかもしれない。

「着服が明らかになれば、すぐに裁判が開かれて処罰が下るでしょう。今後の病院の経営責任者については、ヴィンス様や私、家臣の皆さんを含めて協議し、決定することになると思います」

唇を震わせて瞳に絶望を浮かべるセグレイ親子。

二人が暴れ出さないとも限らないので、ドロテアは一応パーティー会場に待機している騎士数名を呼ぶ。

騎士たちがセグレイ親子の両腕を背中側で縛るようにして拘束すれば、ドロテアだけでなく会場全体が少しだけ安堵の空気に包まれた。

「ドロテア、これはどういう状況だ？」

「……！」

そんな時、ざわつく会場の中でも、しっかりと背後から聞こえた戸惑いを含む聞き慣れた声。

一度会場を出ていたヴィンスが戻ってきたようだ。ドロテアは「ヴィンス様！」と彼の名前を呼びながら振り向いた。

「えっ」

けれど、十メートルほど離れた出入り口付近。そこで、ヴィンスに手を取ってもらっている、彼の隣に居る人物に、ドロテアからは驚きのあまり声が裏返った。

何故なら、そこに居たのは──。

「久しぶりね、ドロテア」

「ロ、ロレンヌ様がどうしてこちらに……!?」

第三十四話 ✦ ロレンヌ様が来た理由

シミ一つない美しい肌に、人を魅了する穏やかな笑顔。

ドロテア、と呼ぶ声も間違いなく五年間仕えていた主人――ロレンヌのもの。

ドロテアは何故、と言わんばかりに、素早い瞬きを繰り返した。

「ふふ、ドロテアったら驚き過ぎよ～。って、あら？　なかなか独創的なドレスね」

軽やかな声で笑いながら、ロレンヌはヴィンスと共にこちらに歩いてくる。

ドロテアは驚きのあまり棒立ちになっていたのだが、目の前まで歩いて来たヴィンスとロレンヌにハッとして、カーテシーを披露してみせた。

「ロレンヌ様、ご無沙汰しております。この度は婚約パーティーにお越しくださり、ありがとうございます」

「ええ、ドロテア久しぶりね。レザナード陛下にお願いして、急遽参加させてもらったの」

「そ、そうなのですね。……けれど、一体どうして……」

ヴィンスが出迎えに行ったのはロレンヌで、彼女がパーティーに参加しているのはヴィンスから許可を得ているから。

そこまではすんなりと分かったのだが、どれだけ考えてもロレンヌがあえてドロテアに何も言わずに、この場に居る意味が分からなかった。

「ドロテア、その疑問は一旦後にして、まずは状況を説明しろ」

ヴィンスからこう言われたドロテアは、通常のパーティーならば考えられない今の状況に気付いた。

（そ、そうよね。私のドレスはワインで汚れているし、セグレイ侯爵とフローレンス様は床に膝をついて落胆しているし……。ヴィンス様が疑問に思うのも当然というもの）

ロレンヌへの疑問はふつふつ沸き起こってくるものの、今はヴィンスにこの現状の説明をするのが先だろう。

「実はですね──……」

だからドロテアは、ルナにワインを掛けられたり、平民に下ることで陥れられそうになったこと。けれどルナは自分の意思ではなく、フローレンスに脅されていて従うほかなかったこと。フローレンスがどのようにしてルナを脅し、傷つけてきたかということ。セグレイ侯爵が国立病院の利益の一部を着服していることをこの場で明かしたこと。セグレイ親子は今後どのような罰が下るのだろうかと落胆していることなどを、端的に話した。

「なるほど。大体は分かった」

「ドロテア、貴女大変だったわね」

ロレンヌから労りの声をかけられ、ドロテアは「いいえ」と答える。

それからドロテアは、ヴィンスに対して深く頭を下げた。

「ヴィンス様、一人で勝手なことをして、大変申し訳ありませんでした」

ヴィンスの婚約者という立場を尊重するなら、パーティーを円滑に進めることを第一に優先するべきだったのかもしれない。

「けれど……」と囁いたドロテアは顔を上げ、ヴィンスを力強い瞳で見つめた。

「私は、ルナ様が辛い目に遭っているのを、どうしても見過ごせませんでした。……どうしても、助けてあげたかったのです」

ほんの少し、昔の自分と重なったルナ。家族のためにフローレンスに従い続けてきた彼女の呪縛を、少しでも早く解いてあげたかった。

ヴィンスは聡いため、そんなドロテアの気持ちが理解できたのだろう。

ふっと笑うと、ドロテアに向かって手を伸ばし、彼女をぎゅっと抱き締めた。

「……っ！　ヴィンス様……!?」

「流石ドロテアだ。それでこそ、俺が好きになった女だ」

「〜〜っ！」

ヴィンスに好きだと言われるのも、褒められるのも嬉しい。

だが、周りの貴族たちからの突き刺さるような視線と、すぐ近くから感じる、幸せそうで良かったわ～というようなロレンヌの温かい眼差しに、ドロテアは居た堪れなかった。

「お、お褒めいただけるのは大変嬉しいのですが、皆様が見ていますから……！　離してくださいませ、ヴィンス様……！」

「………。仕方がないな」

「仕方がないではありませんよ……！」

それからヴィンスは渋々ドロテアを離すと、「他には何もされていないのか？」「絶対に隠すなよ」と念押ししてくるので、ドロテアは大丈夫だと伝えるために大きく頷く。

すると、ヴィンスは少しだけ深く息を吐き出して、今度はフローレンスたちに視線を移した。

「――それにしても、お前たちごときがドロテアを陥れようとするとはな」

「「ヒィィィ!!」」

周りの貴族たちから向けられる嫌悪の目よりも、相当怖いのだろう。

今にもその首を掻き切ってやる、と言わんばかりの獰猛なヴィンスの目に、フローレンスたちは互いに縋るように抱き着いて、大袈裟に体を震わせた。

しかしそこで、ロレンヌはヴィンスに柔らかな声で話しかけた。

「まあまあ、レザナード陛下。そんなに睨んでは他の方々も怖がってしまうかもしれませんから、少し落ち着きましょう。ね？」

「ライラック夫人……。承知しました」

（ロレンヌ様は、やっぱり凄いわ！　ヴィンス様をああも簡単に宥《なだ》めるなんて……！）

ロレンヌにはどこか他人を落ち着かせるような、癒やすような魅力がある。

（声色？　それとも表情？）

分析していたドロテアだったが、冷静さを取り戻したせいで、ふと先程まで抱いていた疑問を思い出した。

「そういえば、ロレンヌ様はどうしてこちらに？」

当初の疑問を口に出せば、ロレンヌは少し顔を横に傾けて、ふふっと、微笑んだ。

「たまにはドロテアを驚かせようと思ってね」

「えっ!?　ま、まさか、以前お手紙にあった楽しみに待っていてね、という意味深な言葉は、このパーティーにいらっしゃることだったのですか？」

「ええ。そうよ」

（な、なんておちゃめな……！）

ロレンヌは基本的には真面目だし、頭もキレるのだが、たまにこう茶目っ気を出すのだ。

いや、そこがまたロレンヌの魅力ではあるのだが、正直ドロテアとしては本当に驚いたのでやめてほしいところである。

（けれど、こんなに嬉しそうなロレンヌ様を見たら、やめてなんて言えないわ……！）

だからドロテアは、「もう少し分かりやすくしてください……」と困った声色で言うに留めた。

「まあ、でも。この場に来たのはドロテアを驚かせるためだけではないのよ。実は報告があってね」

「え？」

そんなロレンヌの発言にドロテアはすぐさま必死に頭を働かせる。

（報告？　……家族のことは聞いているし、一体なんだろう……）

どれだけ考えても、これといったものは思い浮かばず、ドロテアは「お聞きしても？」とロレンヌに問いかける。

すると、何故かロレンヌではなくヴィンスが口を開いた。

「ドロテア、驚くと思うから、覚悟しろよ」

「か、覚悟……？」

パーティーの前にヴィンスから今日は驚くことが起きると聞いていたが、この様子では、ロレンヌの報告とやらをヴィンスは知っているようだ。

表情から察するに、悪い報告のようには思えないので、ドロテアはヴィンスに「分かりました」と伝えた。

「覚悟して聞きますので、ロレンヌ様教えてください」

ドロテアがそう頼めば、ロレンヌはこれ以上ない満面の笑みを浮かべた。

「ドロテア。貴女はね、二週間後に平民になるのではなく、ライラック公爵家の養女になることが決まったわ」

「…………。はい？」

「つまり、貴女はドロテア・ランビリスでも、ただのドロテアでもなく、ドロテア・ライラックになるのよ！」

「は、はい……!?」

（つ、つまり、えっと!?）

ロレンヌの言葉は届いているのに、突然のことにドロテアは理解が追いつかなかった。

「え？」「公爵令嬢？」「養女？」と単語だけを並べて困惑を見せるドロテアに、ロレンヌは「順を追って説明するわね」と話し始めた。

「一ヶ月半ほど前かしら。サフィール王国の王城に出向いた時に、ランビリス子爵家の処遇が決まったことを耳にしてね。いずれ知れ渡ることだからってその際に詳細を教えてもらって、ドロテアが平民になることを知ったの」

それは、ドロテアがヴィンスから家族の処遇について聞いた時とちょうど同じタイミングだ。

ロレンヌのゆったりとした話し方のおかげだろうか。少しだけ冷静さを取り戻したドロテアは、ロレンヌの言葉に相槌を打ちながら、耳を傾ける。

「その後直ぐに、レザナード陛下から連絡が来て、お願いされたのよ。ランビリス子爵家が没落して、ドロテアが平民になってしまうから、ライラック公爵家の養女に迎えてくれないかって。もちろん、我が家は獣人国との深い関わりが持てるし、何より娘のように思っていた貴女を養女に迎えるのは大歓迎！　ああ、弁明しておくと、レザナード陛下はドロテアの聡明さを誰よりも分かっていたわよ？　けれどほら、一国の妃になるなら、公爵家の養女という立場は持っていて損はないでしょう？　どの国にも居るじゃない。地位や立場でしか他人を測れない可哀想な人って」

ロレンヌは氷のように冷ややかな目をフローレンスたちに向けた。

「ヒィィィ……!!」

ヴィンスとはまた違う、静かな怒り。それを感じ取ったセグレイ親子からは、叫び声が漏れた。

一方ドロテアは、セグレイ親子に見向きもせず、無言で思考を働かせる。

（まさか、私が知らぬ間にヴィンス様がそんなことを――……）

子爵家が没落せずとも、家格が低いことはドロテアにとって不安要素の一つだった。

（けれど、ライラック公爵家の養女になれば、その不安要素は完全に無くなるわ）

それに、五年もの間ロレンヌのもとで勤めていたドロテアは、彼女の人柄を知っている。娘のように大切に思ってくれていることを知っているから、ライラック家の養女になることに不安は一切なかった。

更に、養女となればたまにライラック公爵家に顔を出すことも不思議ではないし、ロレンヌにも会いやすくなる。

まさに一石二鳥――いや、一石三鳥と言うべきだろうか。

口元に手をやって、ドロテアは真剣な表情で色々考えている。そんなドロテアに、ロレンヌはふっと微笑んで、今度はヴィンスに視線を向けた。

「ドロテアを公爵家に迎えるに当たっての手続きですが、レザナード陛下の助力によって、予定より早く終わりました。けれど、ドロテアにぬか喜びさせないためとはいえ、このことを秘密にするのは少し胸が痛みましたわ。まあ、秘密にするよう提案したのは私ですけどね」

通常、公爵家が誰か養子を迎える場合、親戚全員にその旨を承諾する書面を書いてもらわないといけない。

そして、その書面をサフィール王国陛下に提出して承諾をもらい、ようやく公爵家養子縁組手続きは完了する。

けれど、公爵家の養子に入るとなると確認事項などが多く、申請がはねられることもまま有り得るのだ。

「……秘密にするよう言ったわりに、ドロテアに宛てた手紙には、楽しみに待っていてねと書いていたのでは？」

少し呆れたような表情のヴィンスに、ロレンヌはうっとりしてしまいそうなほど美しい笑みで答えた。

「だって、改めて考えたら、この申請が通らないはずはないんですもの。サフィール王国は、優秀なドロテアが獣人国へ行ってしまったことを憂えていますが、そんなドロテアを我が公爵家に迎えれば――……」

それだけでサフィール王国にとっては有益なことだ、とロレンヌは話す。

ロレンヌの親戚も同じように考えるだろう。つまり、そもそもドロテアを公爵家に迎える申請が通らないはずがない、のだと。

だから、ロレンヌは以前ドロテアに、意味深な手紙を書いたのだそうだ。

ヴィンスとしても、ドロテアがライラック公爵家に迎え入れられることは確実だろうと踏んでいた。だが、秘密にしようというロレンヌとの約束を守らなければと思い、言えなかったのだという。

「そういうことだったのね……」

ドロテアの表情が先程よりも明るいのは、これまでの違和感や疑問が払拭できたからだ。

――それと、もう一つ。

(ヴィンス様はいつも、私の不安を取り払ってくれる。いつも、いつも私を思いやってくださっている……。ああ、もう)

込み上げてくるヴィンスに対しての愛おしさ。

それが今にも溢れ出してしまいそうになって、無意識に頬が緩んでしまう。

けれど、まだ人前だ。しっかりしなくては、とドロテアは表情筋に力を入れると、まずはロレンヌに対して深く頭を下げた。

「ロレンヌ様、私をライラック公爵家に迎えてくださってありがとうございます。それと改めて、よろしくお願いいたします」

「こちらこそよ、ドロテア。これから我が家が貴女の実家なんだから、いつでも顔を出しなさいね」

「ロレンヌ様……」

心がじーんと温かくなる。そんなドロテアは次に、ヴィンスに向かって頭を下げた。

「ヴィンス様、私のことを気遣ってくださり、ありがとうございます」

「……いや、当たり前のことをしただけだ」

そう言って、微笑を浮かべるヴィンス。けれど、耳はピクピクと反応し、尻尾が大きく揺れている姿は、表情よりも気分が高揚していることが分かりやすい。

（か、可愛い〜!!　もふもふしたい……！　って、また私は……！）

と、ドロテアがそんなことを思った時だった。

「お義姉様！　遅れて申し訳ありません……！　話は全て聞きましたが、大丈夫ですか……!?」

「ディアナ様……！　それにラビン様も……！」

控室がある方の扉から急いで走って来てくれたのは、息を切らしたディアナと、その隣を走るラビンだった。

どうやら会場に居た家臣の一人にドロテアの騒ぎを報告され、急いでやって来てくれたらしい。

そして途中、既に騒ぎが解決したとの報告も聞き及んでいるようだ。

肩で息をするディアナに、ドロテアは駆け寄る。

「ディアナ様、それに、ラビン様も、ご心配をおかけして申し訳ありません……」

「お義姉様が謝る必要はありませんわ！　悪いのは……悪いのは～～!!」

ディアナは顔を真っ赤にしてそう言うと、見たことがないくらいに鋭い目つきをして、セグレイ親子の近くへと歩いて行く。

そして、ディアナが床を叩くように大きく尻尾を揺らすと、フローレンスたちはビクリと体を震わせた。

「貴方たち如きがお義姉様を陥れようとするなんて……怒りで頭がどうにかなりそうですわ」

「「ヒィィィ……!!」」

その目つきも、言葉も、ヴィンスとよく似ている。

（さ、さすが兄妹……）

むしろ、普段とのギャップからするとディアナのほうが恐ろしいかもしれない。ラビンは、そんな姿も素敵です……！　と言わんばかりのキラキラとした目をしているが、それは一旦さておき。

ディアナは一旦深呼吸をすると、今度はフローレンスだけを睨んで口を開いた。

「こんな機会だから申し上げますけれど、私はずっと、フローレンス様が苦手でしたの。話し相手をするのがとても苦痛でした。これから貴女の話し相手をしなくて済むのだと思うと、せいせいいたします」

「あっ、あっ……ディアナ、様……っ」

「ああ、けれど苦手なのは私だけで、お兄様はそうではないようですわ？　ね、お兄様」

怒りから一転、笑みを浮かべたディアナは、そう言ってヴィンスへと目を向ける。

するとヴィンスは、ディアナの言葉の意図を理解したのか、ニヤリと口角を上げて、こう言い放った。

「ああ、俺はお前みたいな女が世界で一番大嫌いだ」

「ニャンですってぇぇぇぇぇぇ」

「フローレンスゥゥ……!!」

これ以上ない程プライドを傷付けられたからだろう。フローレンスから聞こえた、まるで断末魔のような叫び声。セグレイ侯爵は娘の名を叫んで嘆いている。

（……まさかの、にゃんですって。ああ、そういえば前ににゃによって言ってたって、ナッツが話していたかしら）

噛んだからなのか。それとも猫の獣人故なのか。知的好奇心の塊のドロテアは、また後日調べてみようと、そんなことを思ったのだった。

その後、ルナに対してフローレンスにきっちりと謝罪させると、騎士たちと共にセグレイ親子は

会場から出て行った。ハリウェルたちが証拠を持ち帰るまで、王城の一番端にある別塔に隔離され、監視されるそうだ。

そして、騒ぎを起こしたセグレイ親子たちが居なくなった会場では、婚約パーティーが再開されることになった。

ドロテアはワインの付いたドレスを着替えてからパーティーに戻り、ユリーカやロレンヌと話したり、他の貴族たちと親交を深めたりして、最後はヴィンスの挨拶によりパーティーは閉幕となった。

「ロレンヌ様。今日はお忙しい中、お越しいただき、本当にありがとうございました」

パーティー会場から退場した後、ドロテアはヴィンスと共に馬車に乗り込むロレンヌの見送りに来ていた。

ロレンヌは多忙のため、今からサフィール王国に戻るらしい。

「久しぶりにドロテアの顔が見られて良かったわ。次は仕事が落ち着いている時にゆっくり来るわね。ああ、それと、貴女の家族の様子はまた手紙で伝えるから、安心なさいね」

「……っ、ロレンヌ様、本当に何から何まで、ありがとうございました」

ドロテアが礼を伝えれば、ロレンヌはヴィンスに「ドロテアをよろしくお願いしますね！」と言ってから馭者に馬を走らせるよう指示をする。

続いて、ロレンヌは馬車の窓から少し顔を出して、ドロテアたちに向かって優しく手を振った。

「それじゃあ、またねドロテア！」

「ロレンヌ様！　どうか息災で……！」

少しずつ小さくなっていく馬車。ドロテアとヴィンスはその馬車に向かって、深く頭を下げたのだった。

ロレンヌを乗せた馬車の姿が完全に見えなくなると、ヴィンスはドロテアに体を向けて声をかけた。

「そろそろ俺たちも行くか」

「はい。もう夜も遅いですしね」

パーティーが始まる前よりも幾分涼しい風が肌に触れて心地好い。

そんな中、ドロテアはヴィンスに差し出された手を取る。パーティー会場に来た時と同様、帰りも馬車に乗るため、二人が歩き出そうとした、その時だった。

「ドロテア様……！」

「……！　ルナ様！　どうなさいましたか？」

会場から走って来たルナは、ドロテアを見つけると急いで駆け寄った。

自然と手を離してくれたヴィンスにドロテアは「ありがとうございます」と礼を伝えると、呼吸が乱れているルナと向き合う。

するとルナはヴィンスに向かって「少しだけドロテア様とお話しさせていただけませんでしょうか?」と懇願するように尋ねた。

「ドロテアが良いなら構わん」

「……! 陛下、ありがとうございます……!」

「ドロテア、俺は近くに停めてある馬車に行っているから、話が終わったら来い。良いな?」

「かしこまりました」

その会話を最後にヴィンスが会場の入口付近から居なくなる。

すると直後、勢いよく頭を下げたルナに、ドロテアからは「えっ」という掠れた声が零れた。

「ドロテア様、先程は言えなかったのですが、私のことを庇ってくださって、本当にありがとうございました……!」

「! ルナ様、頭を上げてください……!」

「いえ、何度感謝をお伝えしても足りません……!」

一向に頭を上げようとしないルナの肩に、ドロテアはぽんと手を置いた。

「私は知り得ている情報をあの場で話しただけです。感謝の気持ちは受け取りましたから、顔を上げてくださいませ。ね……?」

「ドロテア様……なんてお優しい……」

ようやく顔を上げたルナは、やや吊り上がっている目に涙を溜めている。

ドロテアはそんなルナの涙をそっと人差し指で拭うと、「そういえば」と話を切り替えた。

「ルナ様はこれから、どうなさるのですか？」

おそらく、セグレイ侯爵家の名前はこの国の貴族名簿から消されるのだろう。領地や城などは、国に没収されるはずだ。

そうすると、フローレンス付きのメイドだったルナは働き口を無くしてしまう。

とはいえ、ルナが働いているのは主に母親の入院代を工面するためだ。母親の退院が決まった以上、実家の仕事を手伝ったり、どこかに嫁いだりするのだろうか、とドロテアは疑問に思ったのである。

「そのことなのですが……実は、メイドとしてのお仕事を続けようと思っているのです。フローレンス様からの嫌がらせや罵倒は辛かったですが、メイドの仕事自体はとても好きだったので、続けたいな、と……」

「まあ！　それは素敵ですね！　以前のお茶会だけでもルナ様が大変優秀であることは見て取れました。きっとルナ様ならどこの屋敷に行こうとやっていけるはずですわ」

「ほ、本当ですか……!?」

ルナのふわふわとした白い耳がピクピクと動き、尻尾がびゅんっと空を向く。

その姿に悶えそうになるのをドロテアが必死に耐えていると、ルナが口早に話し始めた。

「実は先程のパーティーで話を聞いたのですが、ドロテア様は専属メイドを探しておられるのですよね!?」

「え、ええ。試験があったり、決まりがあったりで、中々選定には難航しているのですが」

「で、では……！　私がドロテア様の専属メイドに立候補してもよろしいでしょうか!?　今日のドロテア様を見て……貴女様のようにお優しくて、素敵な方が日々を快適に過ごせるよう、誠心誠意お仕えしたいと思ったのです！」

「……！」

決して勢いで言っているわけではないことが分かる、ルナの真剣な声色と瞳。

（ルナ様……）

こんなふうに思ってもらえることが嬉しくて、ドロテアは顔を綻ばせる。

それからドロテアは、専属メイドになるためにはまず王宮メイドに就き、下働きを覚えなければならないこと、専属メイドの試験はかなり難しいことを話した。

けれど、ルナの覚悟の宿った瞳に影が差すことは一切なかった。

「問題ありません。ドロテア様にお仕えするためでしたら、なんだって頑張れます」

「本当に、意思が固いのですね」

「はい……！」

「……分かりました。では、ルナ様。貴女が淹れてくれた紅茶――フィーユをまた飲める日を、心待ちにしていますね」

フローレンスとのお茶会の時に、見事な技術を披露してくれたルナの姿を頭に思い浮かべながら、ドロテアは穏やかな声色で告げる。

つまりそれは、貴女が専属メイドになれることを願っているということで——。

「……っ、はい！」

ルナの満面の笑みに、ドロテアもつられるように微笑みを返す。

馬車の窓からそんなドロテアとルナの様子を眺めていたヴィンスは、「生粋の獣人たらしめ」と呟いて、喉をくつくつと鳴らした。

第三十五話　溢れ出た、愛の言葉

ルナと別れた後、ドロテアはヴィンスと共に馬車に乗り、普段暮らしている王宮に到着した。

「ドロテア、さっさと部屋に行くぞ」

「あ、はい……！」

ヴィンスに手を取られ、ドロテアは足早に部屋へと向かう。過去に何度もヴィンスと手を繋いでいるというのに、今日はいつにもまして緊張して、全身から汗が吹き出しそうだった。

（わ、私……これからヴィンス様に、告白をするのよね）

馬車に乗っている時、ドロテアはヴィンスに、ルナが専属メイドを目指すつもりらしいという話をしていた。

ヴィンスも楽しそうにその話に耳を傾けてくれたので、その後のことなんて考えていなかったのだけれど、王城に入った瞬間、すぐに告白が控えていることを思い出したのである。

（自分で宣言しておいてなんだけれど、とてつもなく緊張してきたわ……。手汗が……手汗がまずいことに……！）

一旦手汗を拭いたいものの、ヴィンスに力強く握り締められているため、彼に離してほしいと伝えるほかない。

そう思ったドロテアは、隣を歩くヴィンスをそっと見上げ、「一度手を離してほしいのです」と頼んだ。

「却下だ」

「……!? な、何故ですか」

けれど、ヴィンスは視線だけでこちらを見つめ、軽く口角を上げて否とする。

その余裕のある笑みと、どこか意地悪な瞳に、ドロテアは理由を問いかけた。

「ようやく今から、ずっと聞きたかった言葉が聞けるんだ。絶対に逃がすつもりはない」

「……っ、逃げません……！ その、手汗がですね……」

「緊張してるお前も可愛いが、だめだ。……ほら、もう着いたぞ」

「あっ……」

手を離す離さないの問答をしていたら、いつの間にやら自室の前に着いていた。

（ま、まだ覚悟ができていないわ……）

しかし、部屋の前でいつまでも立ち尽くしているわけにはいかない。

パーティーの後でヴィンスも疲れているだろうし、一刻も早くソファで寛いでもらうべきだろう。

だからドロテアは一旦体ごとヴィンスの方を向いて、意を決したように口を開いた。

「は、入りまちょうか……！　あっ」

「ククッ……。ああ、入りまちょうか」

「〜〜っ」

言葉を噛んだドロテアに、ヴィンスは酷く愛おしそうな目を向けて真似をしてくる。

そんなヴィンスに、ドロテアは緊張だけでなく胸がキュンと高鳴ってしまった。

（落ち着きなさい……！　私……！）

こんな精神状態では上手く思いを言葉にできる気がしない。

だからドロテアは、できるだけ心臓の鼓動を落ち着かせようと、スーハーと深呼吸をしてから部屋へと入った、というのに。

「……おいドロテア、体がガチガチだぞ」

窓から差す満月の光。テーブルの上に置かれた淡い光のオイルランプ。

そんなテーブルのすぐ近くにあるソファにヴィンスと横並びに座ったドロテアは、まるで氷漬けにされたかのように体を硬直させていた。

いつにもましてぴしっと伸びた背筋と強張った表情は、初対面でも分かるくらいに明らかに緊張していることを示している。

「〜〜っ、少しだけ、その、お時間をいただけますと幸いです……」

必死にそう言葉を紡いだドロテアに、ヴィンスは少し前のめりになってドロテアの顔を覗き込みながら、笑ってみせた。

「……お前は本当に、無自覚でとんでもないことを言うわりに、いざとなると緊張しいだな」

「本当に不徳の致すところでございます……。できるだけ直ぐに気持ちを落ち着かせますから、しばしお待ちを」

ドロテアは話し終わると、きゅっと口を結ぶ。ヴィンスは、ふぅ、と小さく息を吐くと、入室した際離れた自身の手を、膝の上に置いてあるドロテアの手にそっと重ねた。

すると、ドロテアの体がピクリと跳ねる。そんな反応もいちいち可愛くて、ヴィンスはふっと笑みを零した。

「待ってやるから、手くらいは触れさせろ。今日は全然ドロテアが足りてないんでな」

「た、足りてない……？」

「それとせっかくだから、ドロテアの緊張が解けるまでの間、少し他の話をするか」

その瞬間、ヴィンスが纏っていたチョコレートケーキのような甘い雰囲気が、少しだけ変わる。

いくら緊張していようと、観察力に優れたドロテアがその変化に気付かないはずはなく、ドロテアは無意識に少し緊張を解いて、彼の言葉に耳を傾けた。

「今日の婚約パーティー、改めてご苦労だった。……それでだ。騒ぎについては大体聞いたが……。

本当に大丈夫か？」

「ヴィンス様……」

そっとヴィンスの方を見れば、先程とは一転して心配そうな面持ちの彼が目に入る。

（ああ、本当にヴィンス様って、優しいわ……）

きっと、ドロテアの立場や性格からして、パーティー会場では弱音や不安は見せないと思ったのだろう。

だからこうして、今話せるように尋ねてくれているに違いない。

「……ヴィンス様、私は平気なのです」

「俺への気遣いは要らない」

「いえ、そうではなくて」

ヴィンスの考えが分かってもなお、ドロテアは弱音を漏らすことはなかった。

強がりや、ヴィンスに心配をかけたくない、なんて気持ちではなく——。

「私は本当に、セグレイ侯爵様やフローレンス様に何を言われても、一切傷付きませんでした」

いつの間にか完全に緊張が解けたドロテアは、柔らかな笑みでヴィンスにそう伝える。

そんなドロテアの様子に、先程の言葉が偽りでないと察したのだろうか。ヴィンスはドロテアの手に重ねた自身の手に僅かに力を込めた。

「ドロテアは、強いな」

「……いえ。今までの私なら、悪意の言葉を浴びせられたら、きっと深く傷付いていたと思います」

「……。それなら、何故今回は傷付かなかったんだ？」

ドロテアは腰を捻るようにして体ごとヴィンスの方を向く。

オイルランプの光のせいか、瞳の奥がゆらゆらと揺れているようなヴィンスに、ドロテアはおもむろに口を開いた。

「ヴィンス様に愛してもらってから……私、いつの間にか、何があっても貴方の隣に居たいと思うようになりました。……その思いがあれば、フローレンス様たちに何を言われても、へっちゃらでした」

「ドロテア……」

目尻にしわができるくらいに、くしゃりとドロテアは笑う。

一方でヴィンスは、食い入るような目でドロテアを見つめた。

「ですから、ヴィンス様。もし私が強くなったんだとしたら、それはヴィンス様のおかげなのです。つまり――」

シェリーと比べられ、売れ残りだと揶揄されてきた、これまでの人生。

自分を愛してくれる人なんて、一生現れないのかもしれないと思ったこともあった。

けれど、そんなドロテアに、ヴィンスは惜しげもなく愛情を注いでくれた。

（……何度も、何度も。自分の気持ちを押し付けるだけじゃなくて、私が心の底からヴィンス様の愛情を受け入れるのを、待っていてくださった）

思慮深くて、民のことを誰よりも思いやっていて、王として申し分ない器を持つヴィンス。

けれど、少し意地悪で、嫉妬深くて、普段は格好良いのに、時折可愛い。

耳や尻尾をもふもふするドロテアを見て、この上なく愛おしそうな目をする彼は、自分のことよりもドロテアが幸せになれることを優先してしまうくらい、酷く優しくて。

（……もう、止まらない）

無性に泣きたくなるくらい、高ぶる感情。

ヴィンスへの思いが溢れて、溢れて、どうしようもなくて、それは自然と言葉になって、溢れ出した。


「ヴィンス様のことが、大好きになったからなのです」


ヴィンスの目をじっと見つめて、ようやく伝えることができた、大好きの一言。

自然に溢れてきたせいか、羞恥の気持ちはあまりなくて、ドロテアはヴィンスを見つめ続ける。

「……っ、お前な……緊張してたんじゃなかったのか」

ヴィンスからしてみれば、この告白は不意打ちだったのだろう。

自身の膝を見るように俯いて、ドロテアに触れていない方の手で口元を押さえているその姿は、明らかに動揺しているようだった。

いや、厳密に言うとこれは動揺ではなく――。

「ヴィンス様、もしかして、照れていらっしゃいますか……？」

「…………そう思うなら、少し黙っていろ」

「……っ」

耳をピクピクと小刻みに動かし、尻尾が控えめにゆらゆらと揺れる。

黒髪から僅かに覗くヴィンスの頰には赤みがさしており、それにつられるようにドロテアの白い肌もぶわりと紅潮した。

「や、でも、だって、ヴィンス様、もう私のお気持ちはご存じだったでしょう……？」

込み上げてきた羞恥のせいで、声が震えてしまう。

そんなドロテアの問いかけに、ヴィンスは一瞬間を置いた。

そして、口元から手を離し、頰を赤らめたまま視線だけをドロテアに移す。その切なげな金色の瞳にドロテアはごくりと唾を飲むと、ヴィンスが囁いた。

「ドロテアに面と向かって好きと言われることが、こんなにも幸せなものだと思わなかった」

「～～っ」

「……まずいな。これは想像以上に、嬉しい」

「ヴ、ヴィンス、さま……」

ヴィンスは、体ごとドロテアの方を向いて、彼女の頰にそっと手を伸ばした。

ドロテアは驚いてぎゅっと目を瞑る。すると、ヴィンスはほんのりと赤く染まった彼女の頬をすりすりと撫で上げた。

「なあ、ドロテア、もう一度好きだと言ってくれ」

「……！」

ヴィンスの言葉に目を見開けば、ドロテアの視界に映るのは、縋るような目で見つめてくる彼の姿。

至近距離でそんなふうに見つめられたら恥ずかしい。それなのに、その瞳に吸い込まれるかのように、ドロテアは一切目を逸らせなかった。

「ヴィンス様……好き。大好き。……ヴィンス様の全てが、大好き」

「……っ、ドロテア」

ドロテアの手と頬からヴィンスの手が離れる。

そして、ヴィンスは直ぐ様ドロテアの背中に腕を回して、力強く抱き締めた。

「……ふふ、苦しいです」

ヴィンスの腕の中で何とも幸せそうに呟いたドロテアは、おずおずと彼の背中に手を伸ばす。

ヴィンスの、広くて逞しい背中。密着した体から伝わる激しい鼓動に、熱い吐息。

「ドロテア、俺も好きだ」

「……はい。私もです」

それらを感じながら、また愛を伝えあうと、ヴィンスの腕の力が弱まる。

合わせたようにドロテアも腕の力を緩めて、どちらからともなく見つめあった。

「……ドロテア、触れたい」

ギラギラと荒々しく光る黄金の瞳からは、いつもの優しさよりも切ないほどの欲が見える。

「……私も、ヴィンス様に触れたいです」

大好きな人に求められることはなんて幸せなのだろう。

ドロテアもヴィンスに触れてほしくて、触れたくて、迷うことなく気持ちを言葉に乗せた。

すると、ヴィンスは一瞬奥歯を噛み締めてから、表情の緊張を解いて微笑んだ。

「後悔しても知らないぞ」

「後悔なんてしません。……だって、ヴィンス様のことが大好きですもの」

「……っ、お前に一生、勝てる気がしないな」

そんなヴィンスの言葉を最後に、ドロテアは性急に姫抱きにされ、近くにあったベッドへと誘われた。

「ヴィンス、さま……」

ドレスの上からでも感じられそうな、ひんやりとしたシーツの温度。

ドロテアは仰向けの状態で、自分の上に跨っているヴィンスを見つめた。

（余裕のなさそうな表情をしている彼の先に私が居るのだと思うと、変な気分だわ……。でも、嬉しい……）

サラサラとした漆黒の髪も、こちらを見下ろす黄金の瞳も、色香が隠しきれていない口元も、しっかりとした顎のラインも、ずっと覚えておきたい。

きっと、こんなヴィンスを見られるのは、自分だけの特権なのだろうとドロテアは思う。

「ドロテア、嫌だと思ったら直ぐに言え」

「……はい。……とはいえ、ヴィンス様にされて嫌なことなんて何一つないと思います」

「………。相変わらず、無自覚に凄いことを言うな」

半ば呆れたようなヴィンスの表情に、ドロテアは素早く目を瞬かせた。

「……えっと？」

「もういい。……少しだけ、黙っていろ」

「は、はい――んっ」

ヴィンスの顔が近付いてきたと思ったら、柔らかな唇が落とされる。

これからの甘美な時間を受け入れんと、ドロテアはそっと目を閉じた。……と、いうのに。

――ボン!!

「えっ……!?」

突然聞こえた小さな爆発のような音に、ドロテアは声を上げて、瞠目した。

「な、何が……っ」

ヴィンスが居たはずの場所には、もくもくと白い濃い霧のようなものが立ち込めている。

そのせいで愛おしい彼の姿を視界に捉えられず、さっきまで感じていた唇の温度も今は感じられない。

それに、ヴィンスの声も聞こえない。

（ヴィンス様はどこに……!?　一体何が……!?）

思わぬ事態にドロテアは急いで上半身を起こす。

それから、その場で部屋中を見渡した。

ヴィンスが居ないことを確認したドロテアは濃い霧に向かって、彼の名を叫んだ。

「ヴィンス様……っ！　ヴィンス様……!!」

「わぉーん……」

「……え？　わぉーん……？」

聞き間違いだろうか。ヴィンスが居た辺りの霧が立ち込める場所から、いつもの聞き慣れた声ではなく、まるで狼や犬の鳴き声のような声がする。

「どういうこと？　……って、あれ？　何でヴィンス様の服が……？」

少しずつ霧が薄くなっていくと、先程までヴィンスが着ていた衣服がベッドの上に乱雑に置かれているのが目に入る。

同時に、霧から薄っすらと見える人間とは思えないシルエットに、ドロテアは混乱しながらも、とある仮説を立てた。

「ちょっと待って……。そんなわけ……。いや、でも、ヴィンス様、新月には獣人から人になったわけで……。今日は、満月で……」

突然消えたヴィンスの姿と、先程の鳴き声、乱雑に置かれた衣類に、人から大きく離れたシルエット。

「まさか……」

目の前のそれがぶんぶんと首を振ると、瞬く間に消えて無くなる白い霧。

ドロテアは何度も目を擦ったり、自分の頬を抓《つね》ったりして、これが夢ではないことを確認してから、ごくりと息を呑んだ。

「ヴィンス様が、狼のお姿に——!?」

相変わらずの黒い耳と尻尾。普段より発達した顎や牙に、全身に毛を纏った、本物の狼——黒狼。

「うぉーん……」

覇気のない鳴き声でこちらを見つめてくるヴィンスに、ドロテアは驚きのあまり開いた口が塞がらなかった。

番外編　猫と鼠の小さな職人さん

『セゼナ』に視察に行った日のこと。

フウゼン染めについてレーベと話を終えたドロテアは、工房が集中している地区へとやって来ていたのだが――。

「なんて可愛いのでしょう！　これでも耳と尻尾はかなり見慣れたつもりでいましたが、小さなフォルムがなんとも……！　ハリウェル様、一生見ていられますよね？　って、そうじゃない！」

「つい本音が漏れてしまうドロテア様も、素直で素敵です……！」

「えっ、ありがとうございます……！　って、こんな話をしている場合ではありません！　あの子たちの喧嘩を止めなくては……！」

この地区には様々な工房がずらりと並んでいる。

フウゼン染め以外の染織や、ガラス細工、木材で作る楽器など、数多くの品々がここ一帯の工房で作られているのだ。

どんなものにでも興味持ち、知識を得たいドロテアからすれば、まさに天国のような場所だった。

だが、そんな彼女の目の前で、突然予想外の事態が起こっていた。

「時代はツバリ油さ！　木製櫛なんてどれでも大して変わらないだろ!?　古いんだよ！」

「なんですって……！　美しい毛並みを保つためには、油なんかより木製櫛のほうが良いに決まってるじゃない！　歴史が違うわ！」

……なんと、通りのど真ん中で、獣人の子どもたちが言い合いをしているのである。

（止めなきゃいけないのだけれど、獣人の子どもたちがあまりにも可愛くて、ずっと見ていたくなってしまうわ……っ）

見た所、時代はツバリ油だと豪語しているのは、猫の獣人の男の子だ。黒い耳と尻尾がなんとも可愛らしい。

対して、櫛の大切さを説いているのは、鼠の獣人の女の子だ。白くて大きな耳と、やや細く、くるりとした尻尾が堪らなく可愛らしい。

両者とも、歳の頃は七歳前後だろうか。

（可愛い……！　城では獣人の子どもたちを見ることがないから、目に焼き付けておきたい……！って、そんなこと考えている場合じゃないのよドロテア！　しっかりしなさい！）

小さなもふもふたちに対して、まるで地面に頬が付いてしまいそうなほど顔がにやけてしまうドロテアだったが、首をぶんぶんと横に振って自らを律する。

それからドロテアは子どもたちと目線を合わせるために腰を屈めた。

「こんにちは。私は王様の使いでこの街を見に来た、ドロテアと言います。言い合いをしているようだけれど、何があったのかしら？」

「チーズィーがツバリ油のことを馬鹿にしたんだ！」

「タービーが櫛のことを馬鹿にしたの……！」

「……えっと、もう少しだけ詳しく話してもらっても良いかな？」

仲直りをさせるにしても、まずはお互いの話を聞かなければならない。ドロテアは子どもたちを道の端に移動させてから、ゆっくりと話を聞き始めた。

先に自己紹介をしてくれたのは、猫の獣人の男の子だ。

「僕の名前はタービー！　家はツバリ油を作る工房をやってるよ！」

「まあ！　タービーくんは工房の息子さんだったの！　確か、ツバリ油といえば五年ほど前に見つかったツバリという花から抽出した油のことね！　最近では獣人さんたちの耳や尻尾のお手入れに大人気だとか！」

ツバリ油は、他の原料から作られる油よりもさらりとしている割に、保湿効果が高い。

獣人の耳や尻尾に塗り込むとベタつくこと無く、艶々とした見た目と、しっとりとした感触を実現できるようだ。

更に、ツバリの花はバラとよく似た香りがして、ツバリ油でもその香りを楽しむことができる。耳や尻尾の手入れに加えれば良い香りまでするると、最近獣人国ではツバリ油が大人気なのである。

「姉ちゃん、良く知ってるな！」

「知り合いが愛用しているの。毛並みが良くなったととても喜んでいたわ」

因みにその知り合いとは、ディアナのことである。尻尾の毛並みはもちろん、香りが良くて癒やされると、この前話してくれたのだ。

「へへっ、そりゃあ良かった！　父ちゃんが一生懸命作ったツバリ油は、世界一なんだ!!」

「ふふ、自慢のお父さんね」

ドロテアがそう言って笑みを浮かべると、これ以上ないくらいタービーは顔を綻ばせた。

（か、可愛い……！　笑顔はもちろんだけれど、ピクピク動いているお耳も、ぶんぶんと動いている尻尾も堪らないわ……！）

あまりの可愛らしさに手が伸びてしまいそうになるのを必死に堪えたドロテアは、次に鼠の獣人の女の子の方に顔を向ける。

すると、女の子は行儀よくペコリと頭を下げた。

「はじめましてお姉ちゃん！　私はチーズィー！　お家は、木製櫛の工房をしているの！」

「はじめまして！　まあ、チーズィーちゃんも工房のお家の子なのね！　レザナードの木製櫛は歴史が長く、確か百年にも及ぶはず。髪の毛だけでなくて尻尾や耳を手入れするのに欠かせないのよね！　昔からずっと大人気の品で、国を代表する工芸品の一つだわ！」

獣人国で作られる木製の櫛は、大変持ちが良いのが特徴の一つだ。

何より凄いのは、職人が一つ一つ手作りをしており、歯の幅を品によって変えていることである。そのおかげで、毛の長い者や短い者のどちらにも使いやすい。または埃や汚れを取りやすいものや、手入れの後にふわふわとした毛質になりやすいものなどもあり、自分に合った櫛を探すのがまた楽しい。

持ち手の部分には可愛い花の絵柄が描いてあったり、または繊細な柄が彫ってあったりして、贈り物にもぴったりな品なのである。

「お姉ちゃん、櫛に詳しいんだね……？」

「ええ。知り合いが木製櫛の大ファンでね。幼い頃からずっと同じものを使っていて、絶対に手放せないって話していたわ」

因みにその知り合いとは、ナッツのことである。

毎日、自分の毛に合った木製櫛で耳と尻尾をブラッシングすることで、艶々とふわふわが手に入るのだとか。

「うへへ。木製櫛を気に入ってもらえて良かったぁ！　お母さんが作る木製櫛が世界で一番よね！」

「あら！　自慢のお母さんなのね」

――くるくるふりふり！　喜びを表すように動くチーズィーの尻尾が可愛過ぎて、ドロテアはそっと口元を手で覆い隠す。

すると、そんなドロテアとチーズィーの会話に割って入ってきたのは、タービーだった。

「世界で一番なのは、俺の父ちゃんが作るツバリ油だ！」

「なによ！　一番は私のお母さんが作る木製櫛よ！」

「「む～～!!」」

子どもたちがお互いを威嚇するようにして至近距離で睨み合う姿を見て、ようやくドロテアはこの状況の意味を大まかに理解した。

（なるほど。タービーくんとチーズィーちゃんはどちらも工房の家の子どもで、その工房では獣人さんたちの耳や尻尾の手入れに使うものを作っていると。互いに自分の親の工房で作る品が一番だと思っていて、それで喧嘩になったのね）

二人の様子から察するに、初めての喧嘩というわけではなさそうだ。

きっとこれまでに何度も、ツバリ油と木製櫛のどちらが優れているか、という言い合いをしているのだろう。

（……うーん、これはどう対処しようかしらね）

二人の真剣な瞳を見ていると、ただの負けず嫌いで言い合っているわけではないことが分かる。それぞれの工房の品にとても自信を――いや、誇りを持っているのだろう。

（幼いとはいえ、この子たちの心はもう職人さんと変わらないのかもしれない……）

それはなんて素敵なことなのだろう。若い芽が育つことは、何にも代えがたいほどに尊いことだ。

「ツバリ油を一回使ってみろよ！　ツヤッツヤになるぜ!?」

「木製櫛を使ってみなさいよ！　ふわっふわになるわよ!?」

「まあまあ、二人とも落ち着いて……！」

しかし、このまま口喧嘩を放って置くわけにはいかない。咄嗟に手が出て、怪我でもしたら大変だ。

「ハリウェル様……！」

ドロテアはハリウェルに目配せをしながら彼の名前を呼ぶ。

「ハッ！　承知しました！」

すると、ハリウェルはすぐさま子どもたちの背後に回り、二人を引き剝がした。

彼らの真ん中に立ったハリウェルは、二人の腹辺りに手を回す。それからハリウェルは、二人を両脇に抱え上げた。

「うわっ!!」

「きゃっ!!」

驚いて手足をバタバタとさせた二人だったが、それは長くは続かなかった。

「二人とも、言いたいことは分かったから、少し落ち着け。な？」

「これ以上騒ぎを大きくしたら、貴方たちのお父様やお母様に心配をかけてしまうかもしれないから、少し落ち着きましょうね」

「「……うん」」

ハリウェルとドロテアの言葉に、子どもたちは抵抗をやめる。

それに伴い、二人の耳はしゅん……と下がった。

（か、可愛い……！　下がったお耳をもふもふしたい……って、だからそうじゃない！）

輝かしい未来を持つ子どもたちに、今自分ができることはなんだろうとドロテアは思案する。

（互いの品の良いところを丁寧に説明する、ということならできそうだけれど、果たしてそれで良いのかしら。もっとなにか良い方法が……あっ）

その時、ドロテアの脳内にはとある方法が浮かんだ。

（そうだわ！　これなら……！）

ドロテアはハリウェルに頼んで二人を下ろしてもらうと、子どもたちの顔を見ながら話し始めた。

「ねぇ二人とも、突然だけれど、オイル櫛って知ってる？　オイルというのは他国の言葉で、油という意味で……」

「「オイル櫛？」」

子どもたちだけでなく、ハリウェルからも疑問の声が零れた。

ドロテアは穏やかな笑みを浮かべながら、オイル櫛について説明することにした。

「オイル櫛というのはね、レザナードよりも遥か東方の国で、最近考案された品なの。その国では、主に髪の毛に使用するらしいわ。木製櫛を約三日間油に漬けることで、通常の木製櫛よりも梳かし

たものに艶が出て、ふんわりとしているのにしっとりとした仕上がりになるらしいのよ。木製櫛と油の種類はなんでも構わないみたいで、レザナードでもオイル櫛を商品化できたらと思うのだけれど……。二人はどう思う？」

ドロテアの問いかけに、興奮気味に口を開いたのはタービーだった。

「そんなの！　うちのツバリ油を使えば、東方の国の商品になんて負けない、すっごく良いものができるに決まってるよ！」

続いて、チーズィーが我慢ならないといった様子で口を開く。

「うちの木製櫛なら、今既にあるオイル櫛よりも良いものになるに決まってるわ！　お姉ちゃん、もっと詳しく話を聞かせて！」

「俺にも聞かせてくれ！」

「ええ、もちろん！」

それからドロテアは、オイル櫛の製造方法について、自分の知り得ることを二人に話し始めた。

二人は口喧嘩をしていたことなど忘れたかのように、ドロテアの話を前のめりで聞いている。

「なるほどな……！　話を聞けば聞くほど、オイル櫛にはうちのツバリ油がぴったりだ！　ついでに……チーズィーのとこの木製櫛も！」

「ついでは余計よ……！　けど、私も同じことを思ったわ！　うちの木製櫛と、タービーのところのツバリ油を使えば、東方の国のオイル櫛よりも何倍も良い品ができるんじゃないかしら!?」

「良いこと言うじゃんチーズィー！」

「ふふんっ！」

それから二人は、ドロテアとハリウェルの存在を忘れたかのように、二人でオイル櫛についての議論を交わしあった。

その様子にドロテアは安堵の表情を見せる。

しかし、その場でハリウェルだけは、訳が分からないというようにドロテアを見つめた。

「ド、ドロテア様……！　何故急に二人は仲良くなったのですか⁉」

「……ふふ、強いて言うなら、二人が小さな職人さんだったから、でしょうか？」

「小さな職人さん……？」

職人たちは何よりも、誰かの役に立ったり、喜んでもらえたりするような品を作ることを大切にする。そのためには、日々研究を厭わず、誰かと協力することもしばしばある。

タービーとチーズィーの会話から、二人はまだ幼いが、考え方は職人たちとほとんど変わらないのではないかとドロテアは考えたのだ。

「まだ幼くても、彼らの心は職人そのもののように思えました。だとしたらきっと、良い品を作るためならば敵対するのではなく、協力するようになるのではと考えたのです。……とはいえ、ここまでオイル櫛に興味を持ち、こんなに直ぐに前向きに話し合ってくれるだなんて思いませんでしたが」

「なるほど！　さすがドロテア様です……！　喧嘩が収まるだけでなく、協力するようになるところまで考えていらっしゃったとは……！　恐れ入りました……！」

尊敬の眼差しを向けてくるハリウェルに対して、ドロテアは首を横に振った。

「いえいえ……！　本当に偶然です。それに、実際この国で新たなオイル櫛を開発するのならば、この子たちのご両親にも協力を仰がねば話になりませんしね。……ただ、小さな職人さんである彼らが、互いの品の良いところを理解し、協力しようと思ってくれたことは、素直に嬉しいですね。彼らのような子どもたちが居れば、レザナードの工芸品はしばらく安泰です」

「はい！　私もそう思います……！」

——それから、数分後のこと。

ドロテアとハリウェルは、タービーとチーズィーをそれぞれの家へと送っていった。

その際、子どもたちが両親にオイル櫛の話をすると、なんと双方の両親はオイル櫛に対して直ぐ様興味を持った。

それから話はとんとんと進み、互いの工房が協力し、オイル櫛の製作に当たることになったらしい。

「ドロテア様、レザナードでもオイル櫛が実現しそうで楽しみですね！　しかも、試作品ができたら送ってくれるようですし！」

「ええ。今から本当に楽しみです……！」

——工房からの帰り道。

小さな職人さんたちがこれから、獣人国の工芸品文化を担っていく姿を頭に思い浮かべたドロテアは、軽やかな足取りで帰路に就いた。

——約二週間後。

フローレンスの『ハジメテ』発言のせいでヴィンスと気まずい日々を送っていたドロテアだったが、ようやく仲直りをすることできた、そんなある日のことだった。

「さて、開けましょうか」

時は昼下がり。自室で一人、ソファに座っていたドロテアは、今朝届いた四角い包みを開けて、それを手に取った。

「まあ……！　なんて素敵なオイル櫛……！」

歯の大きさはドロテアの手のひらほどだ。

ツバリ油にしっかり漬け込んであるため、茶色の櫛が艶々と光っている。持ち手の部分には猫と鼠のイラストが描かれていて、とても可愛らしい。

「しかも、四つも試作品を送ってくれたのね！　本当に有り難いわ……！」

包みの中には手紙も入っており、一つはドロテアの髪の毛に使ってみてほしいとのことだった。残り三つは、知り合いの獣人にプレゼントして、耳や尻尾を手入れした時の感想を是非教えてほしいとのことだ。

「そうね……一つはディアナ様に、もう一つはナッツに使ってもらいましょう！　二人とも、とっても喜びそう」

お義姉様嬉しい！　と満面の笑みを浮かべるディアナと、尻尾をぶんぶんと振り回して喜びを露わにするナッツの姿を想像するだけで、口元が緩んでしまう。

「……けれど、もう一つはどうしようかしら。ヴィンス様は尻尾や耳の手入れにそれほど拘りはないようだし……。ま、それはまた後で考えるとして、折角だから今から使ってみましょう」

ドロテアはディアナたちに渡すオイル櫛を目の前のテーブルに置くと、自分用のオイル櫛を髪の毛に当てた。

そして、側頭部辺りの髪の毛を優しく梳いてみると、その効果にドロテアは目を見開いた。

「まあ……！　数回梳いただけで、髪の毛がツヤツヤして見えるわ！　それに、とっても髪の毛が纏まってるのに、手触りはふんわりしている……！」

『セゼナ』で工房を営む職人たちは皆腕が良い。だから、かなり質の良いものが届くのではと思っていたものの、実際はそんなドロテアの予想を遥かに凌ぐ質の高さだ。

「凄い……！　凄いわ……！」

ドロテアは興奮した声色でそう言うと、髪の毛全体を梳いていく。

（これは本当に凄いことだわ……！　ディアナ様たちにも早速使ってもらって、感想もいただいて……。それをまとめて手紙にして、職人さんたちに届くよう手配しないと……！）

梳く度に髪の毛を美しくするオイル櫛に感動しながら今後のことを考えている、その時だった。

――コンコン。

「ドロテア、少し良いか？」

「……！　ヴィンス様……！」

ドロテアは手に持っていたオイル櫛をテーブルに置くと、足早に扉の方へと向かう。

それからヴィンスを部屋に招き入れると、ソファへと誘った。

「ドロテア、突然すまない。少し話があってな」

「いえ。それでしたらお茶の準備を致しますね」

「いや、今はいい。とりあえずドロテアも座れ」

「かしこまりました」

ぽんぽんとヴィンスが自分の隣を叩いたので、ドロテアはそれに従うように彼の隣へと腰を下ろす。

互いに体を少し斜めにするようにして、目を合わせた。

「実はさっき、フウゼン染めの納品数についての報告が上がってきてな。どうやら、以前と同数

――いや、それ以上の数が納品されるようになったらしい。もちろん、品質は以前と同様に高いものだ。……お手柄だな、ドロテア」

「そんな、私は何も……！　レーベさんや、フウゼンの葉の手配に協力してくださった皆様の頑張りのおかげですわ。……でも、本当に良かったです。これで、フウゼン染めの品が多くの方々のもとに届きます。……皆が、笑顔になりますね」

ドロテアがふわりと微笑むと、ヴィンスもそれにつられて穏やかな笑みを浮かべた。

「……ふっ、そうだな」

「はい……！　ヴィンス様も、伝えに来てくださってありがとうございます！　一つ懸念が無くなりました」

「ああ」

今日はなんて良い日なのだろう。たまに嬉しいことが重なる日があるが、今日がまさにそれだ。

「ドロテア」

今にも鼻歌を歌い出しそうなほど顔を綻ばせているドロテアに対して、ヴィンスは彼女の名前を呼ぶ。

そして、ヴィンスはドロテアの髪の毛にそっと手を伸ばした。

「どうなさいましたか？」

目をパチパチと瞬かせたドロテアに、ヴィンスは不思議そうに口を開いた。

「……いや、今日のドロテアの髪の毛は、いつにも増して美しいと思ってな」

「……！」

そう言われた瞬間、ドロテアはズイッとヴィンスに顔を近付けた。

「ヴィンス様！　これはオイル櫛のおかげなんです！」

「オイル櫛？　確か、前にドロテアが『セゼナ』に視察へ行った際に、話していたものだな」

ドロテアはコクリと頷くと、ヴィンスから少し離れて、テーブルの上に置いてあるオイル櫛を手に取った。

「今朝試作品が届きまして、さっき髪の毛を梳いてみました！　ヴィンス様の言う通り、とっても髪の毛が美しくなるんです！」

「ほう」

「獣人さんたちの耳や尻尾のお手入れに使っても、おそらく美しい仕上がりになるかと思います！ディアナ様やナッツにも感想を聞かせてもらいたいなとさっきまで考えていて……あっ」

そこまで話したところで、ドロテアはとある考えが頭を過った。

「どうした、ドロテア」

突然話すのをやめたドロテアを心配してか、ヴィンスは彼女の顔を覗き込む。

ドロテアはどうしようかと一瞬思案したものの、意を決して口を開いた。

「あの、ヴィンス様、実は試作品が一つ余っていまして」

「ああ」

「ヴィンス様に使ってみても構いませんでしょうか……!?」

「……使ってみる――」

ヴィンスに使ってもらうではなく、ヴィンスに使ってみる。

この言い方で、ドロテアが何を言わんとしているのかを察したヴィンスは、自分の尻尾をひょいっとドロテアの手元へと近付けた。

「ドロテアがオイル櫛を使って、俺の耳や尻尾を手入れしてくれるということだろう？ むしろ頼む」

「あっ、ありがとうございます、ヴィンス様……！」

（やったわ……！ ヴィンス様にブラッシングをする機会が訪れるなんて……！ 言ってみるものね……！）

――そう、ドロテアの頭を過った考えとは、オイル櫛を使って、ヴィンスにブラッシングをすることだった。

数日前に、過去にフローレンスがヴィンスをブラッシングしたことを知ったドロテアは、密かに自分もヴィンスにブラッシングをしたいと思っていたのである。

「尻尾の方からブラッシングをさせていただいて、よろしいですか……!?」

まるでご褒美を与えられたような表情を見せるドロテアに、ヴィンスはくつくつと喉を鳴らす。

「ああ。好きなだけやるといい」

「で、では早速……‼」

許可を得たのとほぼ同時に、ドロテアはヴィンスの尻尾にオイル櫛を通し、ブラッシングを始めた。

何度か梳くだけで、見違えるほど美しくなるヴィンスの尻尾に、ドロテアは目をトロンとさせた。

「わ、わあ……！　ヴィンス様の美しい漆黒の尻尾がよりツヤツヤに！　ふわふわに……！」

ヴィンスはスッと目を細めると、愛おしそうに彼女を見つめる。

そして、ドロテアの耳元に顔を寄せて、穏やかな声色で囁いた。

「……ドロテア。ブラッシングが終わったら、好きなだけもふもふしても良いぞ？　お前のことだから、ブラッシング後の耳や尻尾は是が非でも触りたいんだろう？」

「……!?　ブラッシングに加えて、もふもふまでよろしいんですか……!?　ありがとうございますヴィンス様……！　今日は本当に、なんて幸せな日なのでしょうか……！」

その後、ドロテアはしばらくヴィンスの尻尾をブラッシングし、次は彼の耳に櫛を通した。

一方でヴィンスはというと、ブラッシングをされているだけでは少々手持ち無沙汰なので、ドロテアに甘い悪戯でも仕掛けようと思っていた、のだけれど。

「ふふっ、うふふっ、幸せ……っ、尻尾に、お耳……っ、可愛い……っ、ツヤツヤ、ふわふわっ、うへへ」

「……ははっ、そんなにか」

あまりに幸せそうなドロテアを見て、ヴィンスはこの時ばかりは大人しくしていたのだった。

——因みに、数ヶ月後。

ディアナが社交界で広めたこともあって、オイル櫛は獣人国内で大流行した。

今までよりも一段と毛並みが良くなった獣人たちの姿に、ドロテアはただただ幸せそうに微笑んでいたという。

あとがき

皆さん初めまして。作者であり、二児の母、モフモフが大好きな櫻田りんです。

この度は、数ある本の中から拙著「聖女の妹の尻拭いを仰せつかった、ただの侍女でございます～謝罪先の獣人国で何故か冷酷黒狼陛下に見初められました!?～②」をお手に取って下さり、ありがとうございます。


ドキドキあり、ザマァありの第二巻、楽しんでいただけましたでしょうか?

まずは、ハリウェルについて語らせてください。

当初ハリウェルはもっとのほほんとした天然キャラでした。しかし、書いている途中で熱血な可愛い子にしてあげたいと思い、本作のようになりました。白銀の髪の毛のキャラであまり情熱的な性格の子を見たことがなかったので、私としてはかなりの挑戦でした。お気に入りのキャラに加えていただけると嬉しいです。

次は、悪女フローレンス様です！　フローレンスはもっと嫌な女性にするつもりだったのですが、猫ちゃん語が出た瞬間から、かなり可愛いキャラに変化しました（因みに担当さんはフローレンスの猫ちゃん語をとても気に入ってくれました）。

さて、新キャラについて沢山書かせていただいたのですが、今作ではなんといってもラストのヴィンスですよね。満月ではどうなるんだろうと気にして下さっていた方もいると思いますが、このシーンを書くことができて本当に嬉しいです。

そして一つお願いです！　まだまだドロテアとヴィンスのイチャイチャが書きたいので、続刊できるように、レビューなどで応援していただけると嬉しいです（それと……ファンレターもいただけたら泣いて喜びます！）。

というわけで、色々語ってしまったわけですが、ここからは謝辞になります。

本作を拾い上げていただいた『アース・スタールナ編集部』のご担当者様及び関係者の皆様、美しいイラストを描いてくださった氷堂れん先生、本作が書店に置かれるまで尽力してくださった皆様、そしてウェブでたくさんの応援をくださった読者の皆様、本当にありがとうございました。

家事育児を共に励んでくれた旦那様、いつも可愛くて尊い子どもちゃんたち、本当にありがとう。

最後に、本作が皆様の心に少しでも胸キュンと癒し、そして狼とモフモフの良さを届けられますように。皆様がほんの少しでも、楽しい気持ちになれますように。推しのモフモフが見つかりますように。

そして、この本をお手に取ってくださいましたあなた様。改めまして、ありがとうございました。

ありがとう
ございました!!
氷堂れん

小説投稿サイト
小説家になろう
第6回
アース・スターノベル大賞
Earth Star Novel Awards 6th 2024
©Suzunosuke
※小説家になろうは、株式会社ヒナプロジェクトの登録商標です。
※第6回アース・スターノベル大賞はアース・スターノベル、アース・スタールナと小説家になろうの合同企画です。
詳細はこちらから▶

大賞
賞金200万円
＋2巻以上の刊行確約、コミカライズ確約
「小説家になろう」に投稿した作品に「ESN大賞6」を付ければ応募できます！
応募期間
［2024年］
1月9日～5月6日
佳作 50万円 ＋2巻以上の刊行確約
入選 30万円 ＋書籍化確約
奨励賞 10万円 ＋書籍化確約
コミカライズ賞 10万円 ＋コミカライズ

無自覚聖女は
今日も無意識に
力を垂れ流す
～今代の聖女は姉ではなく、
妹の私だったみたいです～
異世界転移して
教師になったが、
魔女と恐れられている件
～王族も貴族も関係ないから
真面目に授業を聞け～
ボクは光の国の
転生皇子さま！
～ボクを溺愛すりゅ仲間たちと
精霊の加護でトラブル解決でしゅ～
転生したら
最愛の家族に
もう一度出会えました
前世のチートで
美味しいごはんをつくります
こんな異世界の
すみっこで
ちっちゃな使役魔獣とすごす、
ほのぼの魔法使いライフ
強くてかわいい！
EARTH STAR LUNA
アース・スタールナ

転生したら最愛の家族に
もう一度出会えました
前世のチートで
I make delicious meal for
my beloved family
美味しいごはん
を
つくります
あやさくら
Illustration CONACO
EARTH STAR
LUNA

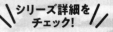

EARTH STAR
LUNA

聖女の妹の尻拭いを仰せつかった、ただの侍女でございます
～謝罪先の獣人国で何故か冷酷黒狼陛下に見初められました!?～ ②

発行 ―――― 2024年2月1日　初版第1刷発行

著者 ―――― 櫻田りん

イラストレーター ―――― 氷堂れん

装丁デザイン ―――― AFTERGLOW

発行者 ―――― 幕内和博

編集 ―――― 児玉みなみ

発行所 ―――― 株式会社アース・スター エンターテイメント
〒141-0021　東京都品川区上大崎3-1-1
目黒セントラルスクエア　7F
TEL：03-5561-7630
FAX：03-5561-7632

印刷・製本 ―――― 図書印刷株式会社

ISBN 978-4-8030-1899-8